3

盛唐三部曲

天地明環

黃易

【卷二十】

第一章　舊計新用

黃昏。

龍鷹心舒神暢的返金花落。

小敏兒和小方在大門外說話，見龍鷹到，恭敬施禮。

龍鷹來到兩人身前，尚未說話，小方報上道：「小人奉皇上之命，送來培元養氣的人參湯。」

龍鷹啞然笑道：「皇上變了太醫嗎？怎知大人會否虛不受補？」

小方代李顯解釋道：「皇上是為表對太醫關懷的心意。」

小敏兒道：「今天娘娘兩次派侍臣來，代她慰問太醫大人，敏兒奉大人之令，給他擋駕。」

龍鷹問道：「憑何藉口？」

小敏兒含笑道：「太醫大人在睡覺呵！」

小方趁機告退，返大明宮向李顯交差。

龍鷹偕小敏兒入樓，問道：「他真的在睡覺？」

符太睡覺，毫不稀奇，天才曉得他和柔夫人昨夜的戰情，裝病在家，閒著無事下，睡個不省人事。

小敏兒不敢與他並肩，落後一步跟著他，道：「只在早上睡過一陣子，起來後便在臥室內練功，很可怕。」

龍鷹問道：「如何可怕？」

小敏兒道：「很熱！在樓下也感到一陣陣的熱浪，房子也似在晃動抖顫。」

龍鷹咋舌道：「這麼厲害！」

小敏兒擔心的道：「會出事嗎？」

龍鷹道：「上去一看便清楚，可知他是否仍四肢無缺、首身尚在。」

符太的聲音喝下來道：「勿嚇唬小敏兒，給老子滾上來。」

龍鷹哈哈一笑，和小敏兒拾級登樓。

符太除下醜面具，擱在身旁，盤膝坐在榻子中央。

小敏兒自然而然坐到榻緣去，龍鷹坐入靠窗那組几椅，面向符太。

符太乍看神色如常，沒特別處，不過落在龍鷹魔目裡，卻掌握到他的精、氣、神，較前內斂深藏，臻至「真人不露相」之境。

究竟是因與柔夫人的「合籍雙修」，還是因初窺「至陽無極」之境，令他可在一天之內做出突破？

該是兩方面均起作用。

更關鍵性的，是「河曲之戰」的開花結果。

「河曲之戰」影響的深遠和全面，至今仍方興未艾，但是，恐怕永遠不可能作出精確的評估，例如龍鷹之所以敢和大才女達至某一程度的諒解，正因有大捷墊底，不虞大才女像以前般三心兩意，令龍鷹可為她未來的消災解難，鋪路搭橋。

而可見的成果，充份體現在龍鷹和符太身上，千真萬確，毫不含糊。

河曲之戰，為「鷹旅」前所未有的遭遇，劇戰連場，九死一生，每段路程、每場戰爭，夜以繼日的，莫不是對意志和體能最嚴苛的挑戰與考驗，「玉不琢，不成器」，正是戰爭的千錘萬鍊，令符太和龍鷹兩個經歷過死亡洗禮的超卓人物，得到捨此之外再無他途、火中取栗的艱苦修行，進一步的提升。

可以這麼說，從修為的角度觀之，戰後的符太和龍鷹，再非戰前的那兩個人。

突破就在眼前，就看由甚麼東西觸發。

龍鷹便因之掌握到「至陰無極」的竅門，再經仙子提點，可傳諸於法明和席遙，至少有了起步的方向。

小敏兒怯生生的問道：「惡人今夜真的來？」

符太解釋道：「一定來，且必然是今夜，遲上一天，怎曉得本太醫會不會已自行解除她的毒？」

小敏兒囁嚅道：「只是來看看？」

符太柔聲道：「當然不只是看，而是趁本太醫中毒病危，下手奪命，還會幹得無痕無跡，令人以為老子得急病忽然一命嗚呼。」

小敏兒駭了一跳，花容失色。

符太啞然失笑道：「怕甚麼？比惡女更可怕的兩個人都在你身邊，怕的該是她，假若她清楚今晚是甚麼的一回事。」

龍鷹心忖符小子對小敏兒確與別不同，鍾愛有加，收起平時刻薄言詞，出奇地有耐性、溫柔。

符太沒好氣的罵道：「她是怕你一時糊塗，給人害死。」

小敏兒道：「去你的娘！」

龍鷹和符太交換個眼色，察覺對方心中所想。

小敏兒必須留在符太能保護她的範圍內，那就是不可離開臥房，九卜女鬼魅似的迅快身法令他們大有顧忌，怕救小敏兒不及。

但如何引九卜女到樓上來，卻煞費思量，怎知她有何手段？

符太皺眉思索，好半晌後，道：「從用毒的角度，殤亡之毒的關鍵既在以人傳毒，即為男女交合，理該配合春藥，以生催情之效，令被下毒的男女樂此不疲。哈！我想到哩！」

說時朝羞得粉臉通紅、羞不自勝的小敏兒瞧去。

龍鷹問道：「那瓶寶貝到哪裡去了？」

符太探手從枕後取出來遞給龍鷹，後者接過後，下樓去了。

龍鷹轉瞬回來，道：「我弄熄了屋內所有油燈，只剩下樓下的一盞。此計很妙，可令九卜女以為我們對她的燈油下毒毫無所覺。」

此時整座聽雨樓，除上寢下廳的兩層樓，均處於沒有燈火的黑暗裡，加上九卜女隨時來臨，登時大有鬼影幢幢的陰森氣氛。龍鷹和符太兩人可毫不在意，小敏兒卻嬌體生寒，不由自主的靠近符太。

符太體貼的移前坐到她旁，並坐床緣，向龍鷹微笑道：「只有在一個情況下，九卜女方會中計，趕上來下致命殺著。」

龍鷹一副不用符太說出來，早清楚符太胸內之策的神態，還瞄了美麗的女宮娥兩眼，含笑點頭。

小敏兒挨貼符太，似欲藉此動作，從主子處取得支持和溫暖，又出於女性敏銳的觸覺，隱隱感到與己有關，忍不住低聲問符太道：「大人呵！敏兒愚魯，究竟是怎麼樣的情況下，那……那九卜女才會走到樓上來動手？」

符太探手摟她的腰，欣然道：「當然是她以為奸謀得逞，再無任何顧忌之時。」

小敏兒給他親熱溫柔的動作弄得霞燒玉頰，卻安下心來，不再惶恐。

符太問道：「殤亡之毒的特性如何？」

龍鷹沉吟道：「該屬慢性之毒，即使不住吸入，沒一個半個時辰，無法在體內積聚足夠的份量。厲害處是無色無味，我之所以能察覺有異，純憑魔種的直覺，感到忽然室內多了種說不出來的邪惡。」

符太放開摟小敏兒的手，點頭道：「這就對了，一盞注滿油的燈，大概可燃燒二至三個晚上。幹刺客的，最重耐性，若九卜女認為老子中毒未夠深，明夜再來可更萬無一失，我們便白耗一個晚夜。哈！他娘的！小妖怎鬥得過我們兩大老妖？」

又問道：「來了嗎？」

龍鷹搖頭道：「未有感應！」

兩人間的對話，惟他們明白，小敏兒聽得似明非明，好奇問道：「如何令她認為大人中毒夠深？」

符太道：「那就是一切均在她意料之中。哈哈！」

小敏兒更摸不著頭腦，改問龍鷹道：「范爺留在這裡嗎？」

符太失聲道：「怎麼成！小敏兒想這傢伙眼瞪瞪瞧著我們幹活嗎？」

小敏兒終明白過來，羞至無地自容，大窘下一頭栽進符太懷裡去。

龍鷹罵道：「你這小子，口沒遮攔的。」

符太輕撫小敏兒香背，聳肩做出有何問題的姿態。

龍鷹在《實錄》裡讀多了，可是在現實裡，尚為首次看著兩人有親密的行為。

小敏兒固然對符太眷戀、依賴極深，亦讓龍鷹看到符太溫柔的一面。

符太之計，就是當年他用來對付參師禪之計，那時他攜小魔女主婢出來「闖蕩江湖」，藉與青枝親熱，刺激起參師禪對小魔女竊玉偷香的妄念，令小魔女趁機重創之。

現時則是換湯不換藥，裝出符太中了殤亡之毒，壓不住慾火，飲鴆止渴地尋歡。

符太的聲音在耳鼓震響，道：「今趟的技術在哪裡？」

若然只是為殺死九卜女，非常簡單，符太在最有利的形勢下猛然出手便成，然後由龍鷹攔截，加上追來的符太前後夾擊，看能否置九卜女於死地。

不過，九卜女的九卜，他們只知兩卜，若其他七卜不在「吹針」和「活毒」之下，能否留下她，實為未知之數。

今夜的機會，得來不易。

九卜女予人的感覺，像一面沒實質的幻影，雖說龍鷹可憑魔覺感應到她的來臨，但能否在長距離下不追失她，連龍鷹也沒十足把握。

可是，必須從她身上尋出田上淵匿藏的秘巢，以向法明和席遙交差，又為符太可以毒攻毒，必須完成這近乎不可能的任務，掌握她的起居行藏。

龍鷹微笑道：「大人理該知道。」

符太搖頭歎道：「是否一如陸大哥之於老田？」

他指的，是當日在北里佈局誘田上淵行刺陸石夫一事，老田被注入魔氣，因此形跡敗露，最終失掉五采石。

舊計新用，功效相同。

龍鷹站起來。

符太提醒道：「那趟老田離城不久即成功排掉你的魔氣，今次可不要重演。」

龍鷹欣然道：「小弟這次的魔氣更精微莫測，近乎無痕無跡，亦是由太醫大人以望、聞、問、切的方式，對症下藥，怎可和那次相提並論。」

趨前舉掌。

符太舉起空出來的右掌，印上龍鷹的魔掌，對龍鷹的贈氣，符太是熟能生巧，且由於其「血手」的血氣，同曾經歷出生入死、水裡火發的提煉，堪稱天下除龍鷹外最能擅用魔氣之人。

龍鷹神情一動，傳音道：「來了！然尚未入院。」

如符太所言，刺客須有遠超常人的耐性，直至最佳時機出現。龍鷹離開聽雨樓的一刻，她仍在院牆外一棵樹上窺伺。

符太裝出消耗大量精元的模樣，不是萎靡不振，而是藉身體微妙的動作、步伐的節奏洩露身體的狀態，投九卜女之所好，進一步深化她對用毒成功的信念。

此亦一石二鳥，既讓對方以為毒計得逞，同時加強九卜女續施毒手的迫切性。趁符太的「醜神醫」受活毒嚴重影響、功力減退之際，不願錯失良機。

依九卜女兩次行動的作風，均是覷準時機，大有一矢中的的味兒。故如今夜沒把握，不會輕舉妄動。

龍鷹和符太之計，正是要令她生出萬無一失的錯覺。

龍鷹步出院門，朝花落小築的方向走，不到百步，九卜女消失在他的感應網內。由是駭然驚覺，對九卜女的感應，約五十丈的距離，逾此即無能為力。

以此感應範圍，要在城內緊躡她，絕不可能。以潛蹤匿跡、身法速度而言，九卜女縱使不及，亦近乎无瑕的級數，而龍鷹之所以跟躡无瑕成功，得力於大致上曉得她的目的地。

對九卜女，此優勢並不存在。

正思忖該否掉頭回去，沒想過的，九卜女再次出現在感應網上。不是因他感應的範圍擴展，而是九卜女追躡而來。

心呼僥倖，如被她發現自己掉頭走，今晚佈局的努力將盡付東流。不用任何人教他，亦懂乖乖的進入花落小築，一切如常的活動著，直至他到澡房洗浴，九卜女才離開。

龍鷹迅快穿衣，任燈火燃著，小心翼翼、步步為營地朝符太和小敏兒的聽雨樓潛過去。

龍鷹不敢托大，於九卜女再次進入他感應網邊緣區停下來，乃他可保持最安全的距離。

九卜女移到兩層樓一側院外一棵大樹上，離小樓約三十丈，與枝葉融合，眼利如龍鷹，自問沒法憑目視察覺她。

龍鷹閉目，魔覺開展，嵌入九卜女所在的枝葉繁茂處。夜空多雲，星輝月色被掩，夜色深沉。

小樓下層仍燃著油燈，樓上沒有點燈。

奇異的聲響，從九卜女藏身處送入龍鷹耳內，一時仍不明所以，到腦袋浮現爆竹、火箭般的物體，鼻端又似嗅到火藥的氣味，恍然而悟。

他奶奶的！

是火器！

自己確大有進步，在全心全意下，竟能用心靈之眼看到五十丈處視野不及的物件。鼻子根本嗅不到任何氣味，純為錯覺，卻非常管用。

龍鷹不曉得火器威力如何，卻可以想像。如能在入屋殺人前的剎那，火器先行，產生先聲奪人之效，例如碎鐵片橫飛激濺、毒煙瀰漫，當然大利主攻者，攻符太之無備也，何況符太還須照顧小敏兒。

即使符太沒中毒，應付起來肯定狼狽。

他終於曉得「吹針」、「活毒」外的另一卜，就是凌厲火器。配以一套出色埋身搏鬥的手法，制敵於猝不及防。對比之下，自己這個刺客便落於「有勇無謀」，純憑魔種的神通廣大。

沒一個時刻，更添龍鷹幹掉九卜女之心，田上淵有她匡助，如虎添翼。

難怪以武三思大相府的高手如雲，仍可給她顛覆，致遭滿府被屠之禍，實因其手法、手段層出不窮，防不勝防。

他敢肯定，大相府遇禍之夜，她被認為早已離開，乃田上淵炮製出來的假象，好讓她可置身嫌疑之外。真正的情況，再不能由死人之口說出來。

對眼前變化，龍鷹大感頭痛。

他絕不可以讓九卜女以此方式發動攻擊。

問題出在哪裡？

一半是因符太過往輝煌的醫績，令九卜女不敢肯定符太已否成功驅毒，或驅除了大部分的毒素；一半是因龍鷹和符太對殤亡之毒並不真的了解，龍鷹的放心離開，落在九卜女眼內，認為符太已穩定下來，不惜採取雷霆手段，即使露出形跡，在所不惜。

試想中毒的情況若是口吐白沫、渾體現黑斑，龍鷹怎可能安心返花落小築睡覺？

既然龍鷹離開，另一卜的殺著，變得必要。

第二章　二人密話

就在此九卜女即將進行刺殺，龍鷹不得不出手攔截阻止、千鈞一髮的時刻，小樓上傳來「醜神醫」的咳嗽聲。

龍鷹心忖又會這麼巧的，更可能是符太感應到危機，因這小子正處於顛峰狀態。咳嗽聲幾是無懈可擊，明知他弄虛作假，仍聽不出破綻。

像醜神醫般的精修之士，氣脈悠長調和，勿說咳嗽，急促些許的呼吸亦不可能出現，休說像現在般咳得重濁磨損，如被邪氣風寒深侵肺腑。

小敏兒焦急的聲音響起來，哭著似的惶恐道：「大人！大人！」

龍鷹若沒猜錯，是連小敏兒事前也不曉得，符太忽然咳得這麼出人意表，如此厲害，因而得到她情真意切的配合，令他的佯裝中毒變得天衣無縫。

小子愈來愈奸。

「噢！大人呵！」

小敏兒的驚呼聲驀地中斷，變為「咿咿唔唔」含糊不清的嬌吟喘息，呼吸變得急促，沒人弄得清楚糅集的是快樂，還是痛苦。在符小子主導下，小敏兒的表現恰到妙處。龍鷹自問如非知情者，勢被兩人騙倒。

龍鷹分心二用，聽覺同時嵌入燈熄火滅的上層樓和伏於院牆外九卜女所在處去。寬衣解帶的「窸窸窣窣」聲，令人聯想到醜神醫急不及待的和俏宮娥尋歡，擺出受殤亡之毒支配的姿態。

龍鷹卻不敢有絲毫鬆懈。

儘管九卜女被成功誤導，認為符太的「醜神醫」已被殤亡之毒深侵臟腑，功力大打折扣，為保萬無一失，仍可以火器打頭陣，隨之登樓刺殺。

微音傳入耳內。

龍鷹腦海影像倏現，是九卜女正把火器包好，再塞入長形的小圓筒裡，貼身藏起。

這個火器肯定對九卜女非常珍貴，非不得已，絕不輕易動用。

龍鷹放下心頭大石，決定靜觀其變，依約定行事。

下一刻，九卜女消失在他的感應網內。

雖明知如此，仍心裡震駭，九卜女潛蹤匿跡之術，合該是「吹針」、「活毒」、「火器」外的一卜，令她近乎無影無形，當年名懾天下的「影子刺客」楊虛彥，楊清仁的祖父，怕也不外如是。

昨晚少點道行，絕不可能察覺她曾來過，還在每盞油燈做手腳，中了招仍不知是怎麼一回事。符太的判斷證明是對的，九卜女發覺醜神醫在身體不適下仍妄動色慾，立即認定自己毒計得逞，發動攻擊。

龍鷹閃電移前，九卜女重現感應之內，她已翻牆入院，移至小樓旁，靠近內廳的一扇槅窗。

當九卜女發覺內廳燃燒著的油燈，仍散發著殤亡之毒，可進一步安她的心。樓上男女合體交歡的聲音，忘情響起，一副天塌下來不管的激烈情狀，九卜女此時不動手，還待何時？

倏忽間，九卜女一陣風般吹進內廳裡去，輕飄似無物，又如腳不沾地的厲鬼，拾級登樓。

異變忽起。

登樓梯階處傳來悶雷般的異響，接著是九卜女給轟得滾落梯階的聲音。

以龍鷹應變之能，思想亦差些兒追不上現實事態的發展。

符太竟於此決定性一刻，離開小敏兒的香軀，封死九卜女登樓之路，全力出手，積蓄至頂峰的「血手」，以「橫念」的心法、手法施展，迎頭痛擊尚差三、四級方抵上層的九卜女，時間拿捏妙至毫顛。早一點嫌早，晚一點嫌遲。

即使九卜女動用火器，勢亦無所施其技。

符太少有這般謹慎的，為的是怕殃及小敏兒，還有是捷頤津的警告言猶在耳，怕了她的「九卜」。

符太挾著強大勁氣，以風捲殘雲之勢，撲擊被轟到梯階底的九卜女。

九卜女非常了得，往旁翻滾，險險避過符太接踵而來的另一擊。

符太是故意讓她及時避開，要她以為已成功閃躲，因就在她閃避前的剎那，龍鷹察覺符太將魔氣送入她的血氣裡去。

符小子了得。

「嘩啦」一聲，九卜女噴出一口血霧，乘勝追擊的符太抵下層廳堂。

九卜女從內堂中央處彈起來。

她是「陰溝裡翻船」，本該萬無一失的刺殺行動，變為送上門給符太魚肉。

此時龍鷹擔心的是另一回事，怕符太在沒法留手下，幹掉了她。

這個念頭剛起，變化來了。

九卜女於剎那間全面恢復過來，一縷輕煙般從正門離開，過天井，登瓦頂，以令人難置信的速度，瞬間逃個無影無蹤。

憑符太之能，亦追之不及。

如此遁逃之術，類近當年鳥妖不惜損耗壽元催發魔功的方法，能在重重圍困下，憑速度奪路遠颺。

龍鷹無暇和符太交換半句話，全速追去，任她逃得多快多遠，可是在龍鷹的感應網籠天罩地下，即使她真能化為鬼魅，亦告無可遁形。

「發生了甚麼事？」

田上淵的聲音在耳鼓微僅可聞的顫盪，然後逐漸清晰，被龍鷹聽覺的波動成功嵌入，心叫僥倖。

田上淵藏身之地，非在城內，而是城外永安渠的水段。

九卜女橫過整座西京城，愈跑愈快。

她的遠遁之術，不但可催發潛力，亦為一種奇異的療傷之術，符太入侵的「血手」氣勁，連同龍鷹那注魔氣，一點一滴地被排出體外，一如當日田上淵刺殺陸石夫不遂逃往城外的情況重演一次。九卜女離城不到三里，注入她體內的魔氣已不復存。

幸好龍鷹也不賴，晉入魔奔之境，緊追她後，九卜女亦因受創頗重，沒法施展潛藏之術，令龍鷹的魔種能清楚掌握她的精神烙印，追到泊在岸旁田上淵的座駕舟來。

田上淵是否準備隨時揚帆東去，在河道截殺李隆基？

龍鷹避過敵人耳目，成功偷上船，躲在甲板那層一個空置的艙房內，竊聽上層卻在另一端尾房內田上淵和九卜女的說話。

船上敵人人數不多，連田上淵共十九個人，然而個個高手，九卜女負傷抵達，立即進入最緊張的警戒狀態，若龍鷹稍遲片刻，以他之能，恐亦難神不知、鬼不覺的偷潛上來。現在卻是和九卜女前後腳一起登船。

九卜女跌坐地上的聲音響起，噴出第二口血，接著是喘氣之音。

「血手」加「橫念」，以她之能也禁受不住。

一陣沉默。

九卜女的呼吸逐漸穩定下來，田上淵該正助她療傷。

一炷香的時間後，田上淵沉聲道：「誰傷你？」

一個柔韌又帶點野味，喉音很重，透出難以捉摸其特質的聲音在龍鷹耳朵響起來。

九卜女說話了。

縱然受重創之後，她的嗓音該較平常嘶啞暗黯，但仍像美麗水妖般誘人，三言兩語，道出情況，沒任何修飾，道：「今夜是個陷阱，由范輕舟和王庭經合作炮製，不露瑕疵。王庭經沒中毒，小敏兒若有的話，已被王庭經解毒。」

好半晌，田上淵說不出話來。

九卜女淡淡道：「出道以來，芭薇格麗從未失過手，近來卻連番遇挫，不是直接與范輕舟有關，就是間接與他有關係，此人一天不除，異日將成大哥霸業的大障礙。」

她說出了自己的名字。從姓氏看，乃外族。

田上淵喃喃道：「怎可能呢？」

這句話並非對九卜女一番話的反應，顯然仍在思索九卜女今夜反中對方陷阱的行動，又大惑不解。

九卜女道：「若我不是及時施展奇遁之術，被王庭經和范輕舟前後夾擊，將沒法活著離開興慶宮。」

田上淵問道：「當時你感應到范輕舟嗎？」

九卜女道：「沒感覺，可是我曉得他定在附近。」

田上淵重重吁出一口氣，道：「『鬼殤』乃無可解救之毒，我不信王庭經有此超越鬼神的能耐。」

九卜女道：「或許小敏兒根本沒中毒，『鬼殤』須積聚至一定濃度，方能成『殤亡鬼』之形，讓『殤亡鬼』入駐，那時神仙難救。」

龍鷹聽得毛骨悚然，心呼好險。

如非花落小築在修葺中，他該不會留在符太和小敏兒的愛巢，還和小敏兒獨處。田上淵和九卜女說話迄今，一直約束聲音的傳遞，天下間怕惟有龍鷹的魔耳，能憑「萬物波動」的心法掌握他們間的密語。

九卜女的內傷，經田上淵不惜損耗真元療治後大幅改善，穩定下來，然距離完全復元尚需時間。

田上淵藏身之船，是單桅的風帆，主艙三層，上兩層在甲板上，外觀毫不起眼。此時主艙內田上淵的手下們，全到了甲板或望臺去，監視遠近，看來除非田上淵發出指令，他們不會鬆懈，因而給了龍鷹竊聽的方便。

「奇遁」該為「九卜」之一，不但可催發潛力，提升速度，還可藉奔行飆刺，將入侵氣血經脈的傷損之氣排出體外，包括龍鷹的魔氣，確為奇術。而九卜女一口氣的尋得田上淵，除因傷須他保護外，更重要的，是藉田上淵已臻「明暗合一」大成至境的「血手」氣勁，修復她因催發「奇遁」致損耗的元氣。

亦暗呼僥倖，如非九卜女將符太和他的魔氣一股腦兒排個一乾二淨，鐵定田上淵可從中尋得「醜神醫」乃符太身份的蛛絲馬跡。現在則只能從九卜女五臟六腑的傷勢疑神疑鬼，而非直接知道。

田上淵問道：「若仍未成『殤亡鬼』之形，是否可以驅毒？」

九卜女歎息道：「我不曉得，因未嘗遇過，據娘之言，有此可能，卻非常困難，此乃毒中之毒，只要積聚一點，自會生長，直至成形，『殤亡鬼』永伴左右，等待時機成熟的一刻。」

龍鷹心裡喚娘，如此邪惡詭異的用毒，駭人聽聞至極。

田上淵陪她歎一口氣，道：「需多久？」

九卜女答道：「須看她中毒的深淺，現時無從判斷。」

又道：「總有個感覺，她中毒很淺，憑體內生氣可天然排走『鬼殤』。」

田上淵重複先前的疑問，道：「怎可能呢？」

九卜女道：「若真的如此，對方或許清楚我是誰，一切始於行刺范輕舟的失敗行動，馬車載著我離開時，我感到有人在後跟蹤，可是用過多種手段，仍沒法找到跟蹤者的影子，此人的武功，不在范輕舟之下。」

田上淵默思不語。

九卜女道：「娘曾千叮萬囑，刺殺行動最重警兆，連續兩次失敗，乃天大凶兆，我必須收斂歸藏，蟄伏一段長時間，以免影響將來的重大行動。」

田上淵道：「今趟小薇攻其不備仍告失手，還耗掉珍貴的『鬼殤』，確不宜再次行動，王庭經方面，由我想辦法。」

又道：「我必須入城見宗楚客，知會他最新的情況。我離開後，船將開往北面五里外我幫一個位於支水道的碼頭。小薇記緊勿離此房，坐忘十二個時辰，否則此傷永難痊癒。」

九卜女道：「王庭經的內功竟如此傷損？」

田上淵沉吟片刻，道：「你當時有沒有似曾相識的古怪感覺？」

龍鷹聚精會神的聽著，老田果然生出懷疑，從九卜女的傷況感到是由「血手」的氣勁造成。

九卜女對「血手」當然熟悉，故而老田問她與醜神醫正面交鋒的感受。

九卜女訝道：「為何我該有似曾相識之感？」

旁聽的龍鷹放下心裡的重擔子，因如被田上淵由此覷破醜神醫是符太，今晚將是得不償失。

今次全憑符太的本領過關，外人幫不上半點忙，當然，龍鷹是唯一例外，可貢獻一注魔氣。符太近兩天迭逢奇遇，故可得力於剛窺門徑的「至陽無極」，及與柔美人「合籍雙修」，諸般機緣湊合一時下，使出九卜女也看不破的「血手」。

不論任何先天功法，由於「血手」走的路子截然不同，不可能對符太有裨益，惟獨「至陽無極」不屬武技的範疇，乃天人之秘，超然於任何功法之上，因此可對符太生出沒人能估算的神奇作用。

知道歸知道，龍鷹仍不曉得符太如何辦得到，完全絕對地瞞過九卜女。

田上淵沒問下去。

異響入耳。

好半晌才猜到田上淵和九卜女在親嘴，卻非一般的纏綿親熱，是藉之暗渡真元。

有可能在田上淵真氣大耗的情況下，幹掉他嗎？

旋又壓下此念，因幹不掉他的話，徒露行藏，怎勝得過鍥在他身後，嘿！該說是與他比賽誰先抵宗楚客的大相府，老田由正門進去見老宗時，他則從秘道潛入大相府，進行仍未付諸行動的竊聽。

如此機會，求之而不得，百載難逢。

九卜女一陣輕輕的嬌喘後，道：「王庭經懂御女之術。」

這句話沒頭沒腦的，龍鷹聽得糊塗。

老田好不了他多少，訝道：「何出此言？」

九卜女道：「我警覺不到是陷阱其中一個主因，是那宮娥確春情勃動，沒有作假，如她是佯裝的，不可能瞞得過我。」

又道：「只有懂刺激起女性情慾的手法者，才可令小敏兒忘掉一切，縱情逢迎。」

老田冷哼一聲。

九卜女道：「嫉忌嗎？」

龍鷹暗忖九卜女該清楚老田想得到小敏兒的事，故說出這麼一句話來。

田上淵不屑的道：「哪來這個閒情，這口氣，我定要為你爭回來。」

接著是田上淵起立的聲音。

龍鷹蓄勢以待，田上淵出艙吩咐手下的一刻，吸引了所有人的注意力，就是他離開之時。

第三章　神秘高手

龍鷹拉開栓關，打開只能從內開啟的活門出口，攝身而出，一陣帶著寒意的風吹來，乘機狠吸一口新鮮的空氣，以驅走從秘道積聚的悶濁。

漫空星斗。

他不敢立即離開假石山，靈覺展開，探測遠近。

出城入城，往返奔波，稍前時還聽到初更的更鼓聲，四周夜闌人靜，連巡府的巨犬也歇下來，伏在暗處休息。龍鷹精確地掌握兩頭犬兒的位置。

雖然尚未曉得假石山在新大相府內的位置，不過，只要想想秘道的築建者，乃負責為大相府設計佈局的沈香雪，此一出口，肯定位置扼要關鍵，位於重要建築物之旁。

沈美人是江南園林的設計名師，對其風格手法，龍鷹有一定的認識，引水以為骨幹，像假石山所在的小湖，該為山水佈局的核心，主要的建築、亭臺樓閣，環湖分佈，故而秘道出口應是最方便的位置。只要懂得利用水的掩護，能輕易避過府衛的巡邏和犬隻的警覺。當然，這是指如自己般的高手而言。

下一刻，龍鷹鑽出去，移往可窺視外面的石山邊緣處。

一如預期，環繞不規則小湖而建的亭臺樓閣映入眼簾，其中一座如鶴立雞群，不是因它特別宏偉，而是因亮著燈火，整座建築物倒影在碧波蕩漾的湖水裡，比對起其他數座大小樓閣的烏燈黑火，份外分明。

一道九曲雕欄長橋跨湖而來，繞過湖央他所處的假石山，通往另一邊岸，大幅加強了湖景的縱深感。每隔兩丈，欄杆處掛著點燃的風燈，在秋風拂掃裡，燈火閃動搖曳，令整道九曲長橋，若現若隱似的，非常神奇。

尊卑有別下，宗楚客的新大相府，不會比武三思的舊大相府大，故眼前所見，理該為所有主建築聚集處，一邊是招呼客人的地方，另一邊為宿處。

燈光火亮的建築物，應最有機會為宗楚客接見田上淵的水榭。

龍鷹功聚雙目，目光越過六、七十丈的遙闊距離，投往燈光火亮的目標水榭去，發現有人在內裡活動的影跡，該是婢僕之類。

正要投進湖水裡去，心現警兆。

一道人影，現身水榭外面臨湖的平臺上。

此人的出現非常突然，忽然間，他就站在那個位置，彷似無中生有，即使他出現的時刻乃龍鷹注意力移往湖水之際，仍不該有此離奇感覺，皆因龍鷹的靈應正全面展開，思感網上任何異動，不可能瞞過他。

偏事實的確如此。

而儘管他卓立眼前，仍如幻似真，並不實在，此為先天氣功臻至出神入化之境的獨有現象，能出有入無，從無至有，如斯境界，龍鷹曾在拓跋斛羅身上目睹。

一瞥之後，龍鷹垂下目光，怕惹起他這級數高手的直感。

肯定的，是以前從未見過他。

此君約四十至五十歲的年紀，髮呈黑棕色，衣著樸素，面容古拙清癯，最突出的是個鷹鈎鼻，輪廓分明，與他頎長筆桿般挺直的體型配合得相得益彰，自然而然便有股不可一世的氣魄，如天地是供他踐踏之用。

他絕非漢人，屬某一外族。

出現在這裡，於此時刻，隱然予人秘藏老宗府內秘密武器的印象，間接證實老宗將在這座樓軒內接見夤夜來訪的田上淵，他則自發的到外臺觀察。更可能的，是他感應到因龍鷹潛入而來的危險。若然如此，今夜須打醒十二分精神。

龍鷹一動不動，本散射往四面八方的思感網回收己身，聚於一點。

對方動了，不見動作般，已沿橋來到假石山前。

龍鷹心知不妙，此君確對自己的存在生出頂尖高手的感應，倏忽間，龍鷹晉入魔種的潛藏狀態，無聲無息的後移五步，鑽返地穴，同時以最精巧的手法，把出口活門回復原狀。

龍鷹感應到他的精神了，雖仍若有如無，但因距離太接近，令對方避不過魔種超凡的靈銳。

不知名高手從橋上躍起，落在假石山位置最高的一塊奇石上，看不到他在幹甚麼，卻可猜到他在廓清心內疑惑。

若龍鷹躲回秘道內的行動稍緩片時，已被他當場逮個正著。

那時真不知該從秘道走，還是殺出新大相府去，一旦陷入老宗、老田和此君的圍攻裡，怕要多死一趟。而縱然能突圍脫身，以後他的「范輕舟」亦不用在西京混了。

怎想過本以為輕而易舉的竊聽任務，可如此慘淡收場。

此時他最感激的人是沈美人兒，此座假石山，是以從江南運來的奇石疊砌而成，石石不同，紋理如花，形成小中見大、重巒疊嶂、峰壑轉折的奇景，從湖岸任何一座樓房瞧來，如見天然美景。

沈美人就在這奇峰異石嵯峨的堆石群裡，選石之一做了手腳，打開出口內的栓子，可擠身出去，石門自動回復原狀，不發出任何雜音異響，返秘道亦然，乃秘道出入口設計的頂峰傑作，故可瞞過眼前高手。

驀地，外面石頂上的可怕高手離開了，龍鷹勉強捕捉到他沿橋往另一邊岸去。

龍鷹暗歎一口氣，在不知此君身在何處的情況下，冒險潛出，憑自己之能，能否避過對方敏銳的感應，是五五之數，問題在這個險是他冒不起的，後果太嚴重了。

而他連失落的情緒亦須硬壓下去，以免影響魔種的空靈剔透，如攪濁了清明如鏡的水，勢再一次惹起對方警覺。

退，須立即退，磨下去有害無利。

倏地神秘高手再現在感應網上，繞過假石山，往回走。

龍鷹喜出望外，眼前情形，顯示此君將參與老宗、老田的秘密會議，故出來巡察後，發覺沒有異樣，消去心內懷疑，返回燈火通明的軒榭去了。

若要行動，此為最佳時機。

神秘高手釋去心中疑慮後，放鬆下來，再非處於如剛才般的最高警戒狀態，敏銳度比之平常，或仍有不及。

此為人之常情，不理武功高低，是人便不能免，也屬自然之理，綳緊的弓弦放鬆的一刻，比在正常狀態的弓弦更鬆弛。

龍鷹自然而然晉入魔種至境，擠身出外，移往石緣處。

神秘高手的背影映入他一雙魔目，踏足榭臺，朝軒門舉步。

龍鷹貼石滑進冰寒的湖水裡去。

龍鷹從水裡冒出來，升上橋底，藏身於兩個橋墩間的凹陷處。

聽覺的波動，嵌進離他不到三丈的軒堂內去，任對方如何束音成線，不可能避過他的一雙魔耳。

宗楚客的聲音迴蕩耳鼓。

龍鷹心內的滿足，任何形容仍難描述其一二，失而復得，彌足珍貴。

宗楚客道：「王庭經竟可驅除小敏兒體內的『殤亡之毒』？」

出自宗楚客之口，在這樣的情況下說，證實台勒虛雲所料無誤，老宗、老田間一直沒出過問題，精誠團結，合作無間。

唉！自己差點做了被騙個帖服的大傻瓜。

田上淵歎道：「此事異常古怪，殤毒純為媒介，引殤亡鬼進駐，等於中邪，不是任何醫家手段可解除，亦非可憑真氣排之於體外，藥石無效，乃解不開的毒術。」

宗楚客沉吟道：「可是！小敏兒顯然沒中毒，否則便該轉嫁往王庭經。」

稍頓，道：「九老師怎麼看？」

他該是向神秘高手說話，請教神秘高手的意見，語氣尊敬。

一個冷漠不含喜怒哀樂的聲音進入龍鷹魔耳，平緩的道：「小敏兒沒有中毒。」

宗、田兩人默不作聲。

龍鷹猜他們心內不以為然，並不認同九老師的看法，卻因這人地位尊崇，故沒立即反駁。

此君究為何方神聖，怎可能一直在他們的知感之外，台勒虛雲一方亦大有可能不知這可怕高手的存在。

龍鷹比老宗、老田清楚，此君一語中的。

現時三人討論的，是能影響成敗的關鍵問題，就是王庭經解毒的本領，此更為他們不惜一切殺王庭經的原因，是怕給他破壞毒殺李顯之計，可是，今趟奸計失敗，正正顯示了他們的憂慮，絕非杞人憂天。

王庭經確有此超乎他們任何估算的能耐。可是，被稱為九老師者，不認同他們的看法。

九老師淡淡道：「當時范輕舟在哪裡？」

田上淵答道：「九卜女本抱著探路之心，沒想過有下毒機會，是先到范輕舟的花落小築去，發覺築內無人，才再到聽雨樓去，豈知碰到王庭經匆匆離開，她還追了他好一陣子，目送王庭經離開興慶宮，遂返聽雨樓下毒。」

宗楚客問道：「聽雨樓是否得小敏兒一人？」

田上淵道：「確只得她一人。」

宗楚客道：「九老師在想甚麼？」

九老師道：「不知如何，入軒後，九某一直有點心緒不寧，於九某實罕有的情況。」

龍鷹心中大懍，暗忖自己自問不露絲毫可令對方生出警覺的破綻，除非對方能感應到他的魔種，此一可能性不可低估。心念一動，天然地漸從魔種的狀態，改移往以道心作主。

如此魔轉道、道轉魔的本領，尚為首次嘗試，沒想過如從內呼吸轉外呼吸般容易，屬在壓力下的無意得著。

軒內三人沉默下去，該是因姓九的高手的話心生驚異，尋找緣由。

田上淵問道：「感覺是愈來愈強，還是似有若無？」

龍鷹暗鬆一口氣，知田上淵沒疑心往給人跟在身後，而事實上，龍鷹沒有跟蹤他，因根本不需要。可想像田上淵從城外船上到新大相府來，施盡反跟蹤的解數，可絕對的肯定無人跟躡，故一點沒想到那方面去。

他現在問的，關乎修煉。舉凡練氣之士，在修行上不時遇上心障魔障，一時心緒不寧並不稀奇。當然，如九老師般的高手，已臻出神入化之境，雖少有這類情況，卻非可絕對免除。

宗楚客以輕鬆的語調，半開玩笑地道：「會否與老師近兩天不沾女色有關？」

龍鷹心裡打個突兀，難道這姓九的傢伙，晚晚無女不歡？

能躋身頂尖級高手之林，比一般人有更強的自制力和紀律，否則不可能達此修為。武功高如九老師，令龍鷹亦對他有大顧忌，竟沉溺色慾，可說聞所未聞。不過，宗楚客這般特別提出來，可推知其心法修行，該與男女採補之術脫不掉關係。或許，正因此情況，九老師樂為宗楚客效力，宗楚客能在這方面無限供應其所需也。

九老師的聲音響起道：「有可能！說出來後，心裡舒暢多了。」

龍鷹是唯一明白他真正情況者，此君的武功心法不知走的是何路子，竟可對自己的魔種有感應，當龍鷹由魔轉道，他再沒感覺。異日與他對上，此事不可忘記。

九老師轉返正題，道：「唯一解釋，是當時范輕舟不但在聽雨樓，還和美宮娥在一道，察覺九卜女的來臨，並識破她在油燈下毒。」

龍鷹整道脊骨寒慘慘的，這傢伙所說，一字不差，有如目睹。這個能耐，與才智高低關係不大，而是一種稟賦，又或異法邪術，感覺非常邪門。

田上淵沉吟道：「九卜之最，莫過於『搜魂』、『鎖魂』兩術，當時她曾以搜魂術偵測小敏兒，肯定居內只得她一人。任范輕舟武技如何強橫，沒可能避過她的搜魂術。」

龍鷹聽得心生寒意。

九卜之術，洋洋大觀，即使不是聞所未聞，也從未遇過。「搜魂」顧名思義，容易理解；「鎖魂」則不知是甚麼一回事，會否近似洞玄子向花簡寧兒所施之術？若然如此，李顯的龍命確被她操縱在手。

宗楚客認同田上淵的看法，道：「王庭經雖只可算是半個宮廷的人，但小敏兒該不敢不守宮廷禮法，不可以和像范輕舟般的外人單獨共處，除非范輕舟是個太監。」

九老師對自己的看法終告動搖，道：「若然如此，那王庭經確有解鬼殤的能耐。」

田上淵冷哼道：「我們絕不可容王庭經活下去，殺他，比殺范輕舟更迫切。」

宗楚客苦惱的道：「我們已錯失令王庭經在興慶宮內毒發身亡的天賜良機，剩下來唯一的方法，就是佈局殺他，來個手下見真章，但動手的，不可以是上淵。」

九老師輕描淡寫的道：「近十年來，從未有人在我九野望手上走上十招之數，故很想看王庭經能否是唯一的例外。」

宗楚客道：「有九老師出手，我們當然放心，不過，到今天，我們仍未能摸清王庭經的底細。」

九野望從容道：「田當家曾和他正面交鋒，如何看？」

田上淵道：「三門峽那趟不可作準，因當時形勢上的變化，我難盡全力，其時的感覺，是此人的真氣非常博雜，似內家非內家，可以深不可測形容之。不過，今趟九卜女被他擊傷，絕不可等閒視之，因九卜心法，不論在何等突然的情況下，仍可在剎那間發揮，故與在正常的情況下正面交鋒分別不大。由此觀之，此人的武功，不在范輕舟之下。」

宗楚客道：「今趟須借助拔沙鉢雄的長槍，有他配合九老師，只要誆得王庭經落單，又陷身絕局，可保證他留下命來。」

又歎道：「如此殺他，下下之計，可是我們再無選擇。」

龍鷹記起拔沙鉢雄是大江聯揚過的兩大突騎施高手之一，另一人為「閃刀」照千亭，現在聽宗楚客的語氣，拔沙鉢雄該為一眾突騎施高手裡最出類拔萃之輩。

田上淵道：「拔沙鉢雄樂於為大相效命，但須待他從西疆回來。」

宗楚客道：「這種事急不得，須俟天時、地利，我們尚有時間。」

九野望道：「一切由大相安排。」

宗楚客沉吟道：「這個或許是測試范輕舟對我有多忠誠的機會。」

龍鷹心裡大罵，宗楚客還算是個人？一方面密謀殺自己這個「投誠者」，還要用殺符太來測試他的忠誠。

第四章　借殼還魂

宗楚客沒就測試范輕舟忠誠度的話題說下去，道：「有臨淄王返西京的新消息嗎？」

他的問話帶來龍鷹意外之喜，可親耳聽到宗楚客和田上淵間，有關李隆基的看法，對如何為李隆基趨吉避凶，作用無窮。

田上淵道：「尚未有確切的消息，目下他的船未過三門峽，表面看是在遊山玩水，不急著回來。臨淄王一向是這個性格，好逸惡勞，好像沒有事情可令他著緊。有時，我會懷疑，選他下手，有可能誤中副車。」

宗楚客道：「這是九老師的看法。」

龍鷹心中大懍，九野望不但是宗楚客最可怕的貼身保鏢，且是老宗的智囊和首席謀士，可直接影響老宗的想法。

他比老宗、老田兩人更清楚，此君所思所想，均為真知灼見。

宗楚客將馬球交到九野望之手，令他不得不作出交代，以釋田上淵之疑。

九野望淡然道：「我們攻打興慶宮之役，本以為手到拿來的事，竟出了大岔子，折損嚴重。」

稍頓，似在斟酌遣詞用字，然後道：「我們採取上駟對上駟之策，以最強大的陣容撼武三思，本乃萬全之計，豈知事後看來，上、中、下三駟的大相府、長公主府和興慶宮，興慶宮才是對方真正的上駟，令我們大失預算，並付出沉重的代價。」

龍鷹生出從對方的腦袋去思索的滋味，聽著的，極可能是宗楚客和田上淵間在李重俊敗亡後最重要的會議。出動九卜女，仍未可置王庭經於死，打亂了他們全局的部署。

若殺李隆基一事再被破壞，老宗等會怎麼想？

不由慶幸有法明、席遙適逢其會，免去龍鷹一方洩露底細的大風險。

今夜又忽然得到竊聽機密的天賜良機。

九野望所言的三駟裡，武三思確為上駟，可惜給九卜女滲透，用了混毒之術，加上攻方有田上淵、九野望般的特級高手，令台勒虛雲損失慘重，大批得力手下成為武三思的陪葬。

得益者是誰？當然是龍鷹一方，保存元氣。

九野望續道：「事後總結，我們在興慶宮遭遇的，絕非一般家將府衛，而是進退有道、仿如軍事勁旅的頑抗、反擊，配上王庭經和數個不知名的人物，引我們的人深進興慶宮後，就在沉香亭前中伏，於對方十多挺強弩配合的攻擊下，甫接戰立告潰不成軍，如此情況的出現，代表的只一個可能性，就是對方不但曉得我們來犯，還以精擅打巷戰的強大陣勢，將我們的人聚而殲之，也令我們首次對相王和他的五子生出警覺。」

田上淵道：「九老師所說的，沒人有異議。相王的隨身護衛裡，確有三、四個稱得上是高手的人物，但都不足為患，可是其五子，隨從們多為平庸之輩，而五子裡，又以李隆基最不長進，貪色好酒，生活靡廢，更沒腰骨，故不為相王所喜。可是九老師卻獨排眾議，認定李隆基為誅除對象。寒生怕的是，若然殺錯人，誤中副車，會令我們真正的目標提高警覺，大不利日後的行動。」

龍鷹心中大讚十八鐵衛，不愧是由女帝一手訓練出來，懂收藏之道，能真人不露相，瞞過宗楚客一方的留神觀察。李隆基也應記一功，清楚即使他的裝作天衣無縫，仍可能在十八鐵衛上洩露實力，故囑十八鐵衛在這方面下足工夫，而對方則要於正面交鋒下，方嘗到苦果。

商豫肯定有出手，但因霜蕎在場，勢令老宗一方誤以為商豫乃霜蕎一方的人。

宗楚客道：「九老師有他的道理，只是沒機會向上淵詳論看法。」

龍鷹暗喜，果如所想，今趟的三人密會，是敵方三大巨頭難得的聚首。宗楚客因九野望的提議，向田上淵下對李隆基的格殺令，卻沒將達至此決定的理由向田上淵作過詳盡的解釋。

九野望道：「攻打興慶宮無功而還，我有個感覺，就是相王該晚到興慶宮去並非偶然，而是有人在背後推動，事實亦證明了，李旦因而避過死劫。」

宗楚客歎道：「可是李旦之所以到興慶宮去，源於王庭經的說書雅集上對都瑾驚為天人，力邀之到他的相王府獻藝，但都鳳為答謝王庭經，提議改到興慶宮的沉香亭獻藝，因而成就此事，一切自然而然，全無有人暗裡策動之痕跡。」

又道：「都鳳本身亦是難令人懷疑，不論出身、來歷和一向活動的情況，均不涉政治。」

九野望道：「不近人情的王庭經，為何忽然這麼賣都鳳的帳？在在令人費解。巧合雖為人生常遇，可是眾多巧合聚在一塊兒，耐人尋味之極。」

龍鷹心忖九野望的位子有點像台勒虛雲，冷眼旁觀下，看出很多當局者迷如老宗、老田等看不到的東西。日後和老宗等鬥爭，必須將老九計算在內。今晚只是這個收穫，已獲益無窮，而台勒虛雲等，怕仍不曉得有這麼的一號人物。

九野望繼續解釋道：「我之所以認為李隆基有問題，純為推想，就是最無可疑者，正是嫌疑最重的人，是因他蓄意掩飾，然過猶不及，適得其反。」

田上淵道：「今趟他死定了。」

龍鷹心道，那就須走著瞧了。

九野望道：「我們的『大婚之計』不容有失，多想多做，有利無害。」

宗楚客發言道：「西疆的運鹽線，仍未有消息嗎？」

田上淵道：「最近運去的兩批鹽貨均落入吐蕃人之手，與欽沒晨日和花魯的通訊中斷多時，今趟請拔沙缽雄到西疆去，正是要弄清楚情況。」

原來拔沙缽雄因此事離開關中。

田上淵會否因而懷疑鳥妖的失去音訊與此有關？

宗楚客道：「我有不祥的預感，很大機會是吐谷渾人出了問題，秘密投向吐蕃人，才有這樣的情況。」

接著斷然道：「這些事，急不來的，拔沙缽雄回來後自有分曉。王庭經的事交我處理，代我向九卜女慰問。」

龍鷹知田上淵離開在即，此時不走，更待何時？

大雁寺。地下室。

法明為席遙易容，好化為兩大老妖裡的毒公子，邊聽龍鷹的最新消息。

龍鷹解釋了找得田上淵藏處的過程後，道：「聽老田的語氣，九卜女在十二個時辰內不宜妄動，故此老田見過老宗後，理該趕回去陪伴左右。」

法明道：「我們兩大老妖，趁天亮前趕到小田的藏處，小田休想再飛出我方閻皇和康老怪的五指關。」

席遙灑然笑道：「小田今回不知走的是哪種狗屎運，給兩大老妖陰魂不散的纏個不亦樂乎。」

法明大樂道：「陰魂不散？說得好！非常貼切，是借殼還魂。」

兩人心情之佳，前所未見，特別是席遙，比對昔日在洛陽之郊，憑崖遠眺的他，仿似另一個輪迴的人生。當時他充滿絕望失意的情懷，只能以龍鷹為生死決戰的對手，望可重演昔日孫恩和燕飛對決的情況，仙門若如鏡花水月。

今天，一線毫不含糊的曙光，出現在這一世輪迴的地平上，因之而來的狂喜和歡愉，除他自己外，誰可明白？

席遙盼望了有多久，肯定沒人，包括席遙自己在內，可交出個有意義的數字。

法明道：「我曾聽過九卜派的派名，卻從沒放在心上，更不知『九卜之術』如此詭異難防。不過，今趟此刻的九卜女，勢成小田吃大虧的原因。」

席遙同意道：「小田為保九卜女，甚麼『明暗合一』，能發揮一半已算他有本領。何況即使他全無負累，在我們精心佈局下，也難逃劫數。」

到此刻，龍鷹尚未清楚兩人對付田上淵的手段。

法明道：「我們會在九卜女復元之前對小田驟施突襲，殺他個措手不及，以他為主攻目標，引得其他人來援時，可殺多少人便多少人。」

「僧王」、「天師」，任何一人，在以前亦是跺跺腳可令天下晃動的宗師級人物。大家仍處於敵對之時，龍鷹對上他們，施盡渾身解數，仍落得平手之局。若如兩人聯手，龍鷹除落荒而逃外，再無其他選項。

任田上淵三頭六臂，在兩人聯手下，肯定好不上龍鷹多少，何況還要照顧九卜女。

此刻的「僧王」法明、「天師」席遙，前者的「不碎金剛」，後者的「黃天大法」，均超越了武功的範疇，進軍「至陽無極」之境，離「仙門訣」亦只差一步，有他們招呼老田，龍鷹非常放心。他們更是人老成精，江湖經驗之豐富，比老田多上近一個甲子，任老田奸狡如狐，仍難和他們相比。故不論鬥智、鬥力，在我知彼，彼不知我的優勢下，老田不吃大虧才奇怪。

最妙的是，不論老田吃了多麼大的虧，仍是啞巴虧，除了向宗楚客哭訴，不敢張揚。

席遙補充道：「我們的目標，是令小田受創，打亂其部署，然後暗中為李隆基提供保護。哈！若一切順利，李隆基返京時，小田仍躲在狗窩裡吐著血。」

任兩人如何自負，亦清楚西京是田上淵的地頭，反擊力龐大，故得到好處後立即遠颺，改為暗裡保護李隆基。而在「兩大老妖」巨大的威脅下，田上淵將難依計而行。

法明伺候完康老怪，開始為自己易容整裝，沉吟道：「所謂『鎖魂』、『搜魂』之法，並非甚麼新鮮事，我聖門裡，代代均有人精於此道，並著書立說，我因而知之甚詳，可找個機會傳老弟此兩術，憑你的魔種，一學便曉。」

席遙道：「洞玄子便是精於此道者。現時我有個以前的心腹弟子在道尊宮修行，也管點事。」

法明提醒道：「小心人心險惡，世易時移下，任何事情也可有變化。」

席遙哈哈笑道：「謝僧王提醒，本人之所以挑這個弟子，正因清楚他是怎樣的一個人。不知是否與他的前生有關係，此人天性近道，視權力、富貴如糞土。投身道門者，自有其前因後果，多的是藉之以避世，又或只圖有安身立命之地，唯此子與眾不同，懂人事後一直潛心向道，捨棄一切。」

龍鷹心忖每個人的思考方式，由經驗決定，像席遙般看人的方法與自己截然有異，龍鷹斷不會想到前世今生那方面去，縱然偶或有此意念，但不會當作一個現實的考慮。

同意道：「天師不會看錯人。」

法明不解道：「天師為何認定洞玄子懂『搜魂』、『鎖魂』之術？」

席遙語重心長的道：「人之性情，水之倒影，不管如何竭力收藏，始終會反映出來，就瞧你有否看到。洞玄子表面道貌岸然，事實上內裡藏污納垢，不堪入目。我那個叫長淨的小徒，暗暗將洞玄子見不得光的事瞧在眼裡，留意到其他人不知不曉的事。」

法明興致盎然的道：「天師去了整天，為的原來是找舊人說話。」

又向龍鷹道：「他剛到不久，未有告訴我的機會。」

龍鷹心裡感激，兩大老哥為自己的事，盡心盡力。

若沒有天師的關係，想對付深藏道尊宮內，本身又屬頂尖級高手的洞玄子，談何容易。天師在，本不可能的事，變得有可能。

席遙續道：「鎖魂之術，乃精於採補者必修之術，否則難稱上乘。敝徒長淨在很多方面均得我真傳，故而眼力也高人一等，從蛛絲馬跡裡，覺他人所未覺，因而推測洞玄子精通此道。」

法明道：「那肯定與女人有關。任何事均可裝假，惟在女色上，無克制可言，否則度日如年。」

龍鷹不由想起該為洞玄子傳人的柳宛真，難怪陶顯揚神不守舍的，應是中了柳宛真的鎖魂術，迷了心神。

席遙點頭道：「正是如此。長淨發覺洞玄子新收的幾個女徒，莫不綺年玉貌，體態撩人，且不似向道之人，對洞玄子千依百順。特別留神下，發覺她們到洞玄子的道尊堂習道後，離開時神態恍惚，眼內媚光流轉，仿似中邪。」

法明擔心的道：「他有向其他人說嗎？」

席遙道：「幸好他在這方面有分寸。據長淨說，宮內有幾位備受尊敬的正直道人，因著不同的原因，例如練功出岔子，又或外出後便沒有回來，死得不明不白，該是觸犯了洞玄子某些禁忌。長淨不明白洞玄子憑何做得這麼乾淨，不露破綻，到我告訴他洞玄子真正的身份，方恍然大悟。」

法明道：「長淨在道尊宮的地位如何？」

曉得情況後，他再不懷疑長淨對席遙的忠誠。

席遙道：「地位在他之上的，本來有近十人，給洞玄子害死幾個，其他的又入關修行，現論輩份，洞玄子下便輪到他。唉！位高則勢危，不到他不擔心。」

龍鷹心中一動，問道：「他對外的聲望又如何？」

席遙道：「問題出在與我的關係上，始終追隨了我一段不短的日子，令以前敵視我的道家門派對他有戒心。」

法明笑道：「不敵視天師者又如何？」

此時的法明，搖身變成方閻皇，相貌猙獰，沒笑容時陰森可怖。

龍鷹見離天亮不到一個時辰，道：「洞玄子之事，容後討論。還有一事須請教兩位老哥，聽過一個叫九野望的人嗎？」

接著扼要說出九野望外貌、武功，特別強調他似可感應到魔種，又晚晚無女不歡。

法明搖頭道：「聞所未聞，天下確無奇不有，竟有可與田上淵並駕齊驅的高手，還蟄伏宗楚客的府第內。」

席遙沉吟道：「我或許聽過此人。」

聽過就是聽過，怎會是或許聽過？龍鷹、法明給惹起興致。

席遙接下去道：「於我周遊西域期間，有人曾問過我如老弟所形容般的一個人，目的是想曉得此人有否逃往中土去。」

法明訝道：「以此人的武功，何須逃亡？」

席遙道：「此事說來話長，可惜我們再沒閒聊的時間。簡言之，此人原名該為埃簡九野望，西域康國人，人稱『蔥嶺之妖』，姦淫婦女無數，惹起公憤，不得不逃。暫時說這麼多，是時候哩！」

第五章　募捐行動

符太搖頭道：「未聽過這個人。」

聽雨樓。清晨。

龍鷹昨夜沒睡過，卻出奇地精神。檯面擱著一本「認捐冊」，由小敏兒親手為他製作，非常精緻。

龍鷹道：「他有個稱呼叫『葱嶺之妖』，有印象嗎？」

符太沉吟片晌，道：「葱嶺倒聽過，太遠了，教內的人少有到那麼偏遠的西面去。」

龍鷹道：「怎麼都好，總言之老宗和老田認為，有此妖出手，加上突騎施的『槍王』拔沙缽雄，在某一局勢裡，可吃定你太少。」

符太現出笑意，問道：「鷹爺如何看？」

龍鷹道：「他們壓根兒不認識真正的你，沒法作出正確的評估，屬想當然。不過！他們特別提出拔沙缽雄，該是因此人與九野望級數相同，可配合無間。萬勿輕敵，即使老田對著老九亦恭恭敬敬的。此人既被稱為妖，當身具邪功異術，且直覺敏銳，第一個想法莫不中的，只是說不過自作聰明的老宗和老田吧！」

符太道：「現在幾已到了撕破臉皮、互相大幹的形勢，他們佈局殺我，我們也可反過來佈局殺他們。想想已感人生充滿驚喜和樂趣。」

龍鷹道：「假設我們支持的是當今皇上，確可以這麼做，問題在我們的真命天子尚未登上寶座，便不可有勇無謀的盲目大幹。」

又道：「我們常說老田實力見底，更不放宗楚客在眼內，現實則一次一次的，無情地否定了我們這個過於樂觀和不成熟的看法。不論老宗、老田，底子既厚，又是超卓的謀略家，經長年部署，準備十足才到中土來，如非在李重俊的叛變裡錯估形勢，現時的天下已落入他們手中。」

符太道：「遇到九野望，令你大有感觸。然真正的問題，是有台勒虛雲虎視一旁，令我們有力難施。不過，無論如何，殺鳥妖和斷掉老田的私鹽線，等若砍掉老田一邊翅膀，從此以後飛不起來。本太醫認為，必須對老田緊鍥不放。為公為私，均為賞心樂事。」

龍鷹警告道：「這個由我想辦法，你不可輕舉妄動。」

符太歎道：「我才捨不得一掌幹掉他。定要瞧著他走進窮途末路，然後一片一片地剮他的肉。」

接著道：「好哩！今天有甚麼事情好幹的？」

龍鷹閉目凝神，好一會兒張開眼睛，道：「外面多了很多人。」

符太道：「昨晚我漏夜使人知會宇文破，著他從飛騎御衛裡挑出一批好手來，以加強金花落的防衛，直至我們的真命天子回京。」

龍鷹道：「好主意！」

沉思片刻後，道：「今天我們須做的，兩個字，就是『亮相』，好與兩大老妖劃清界線，洗脫嫌疑，還我們的清白。哈哈！」

符太啞然失笑，點頭認同，提議道：「說到公開亮相，何不一起到大明宮去，向李顯請安問好。」

龍鷹道：「捉蛇拿三寸，用刀用鋒口。我們須瞞的，只老宗和老台兩方面的人。

老田事後固向老宗哭訴，老台亦因兩大老妖是在光天化日下公然逞凶而生出警覺。」

台勒虛雲一直默默監視北幫在關中的據點，密事如突騎施高手大批潛來，仍瞞不過他們的耳目，可知大江聯對北幫的監察網何等嚴密。兩大老妖強攻泊在北幫碼頭的一條船，台勒虛雲不曉得才怪。

而不論北幫或大江聯，除非另有盤算，否則不會洩出此事。剩是兩大老妖誰都不找，卻找上田上淵，他已難提供合理的解釋，徒啟人疑竇。

符太不解道：「那該怎辦？」

龍鷹一手拿起認捐冊，納入懷裡，道：「我們一起出門，太醫大人去見皇上，謝主隆恩，順道展示貴體無恙，昨天只是因與小敏兒忘情拚搏時沒蓋被子，給秋寒侵體，著了涼。哈哈！」

符太沒好氣道：「虧你說得出口。」

龍鷹笑道：「勿認真！人有時要輕鬆點，說些全無意義的話。他奶奶的！你入宮，小弟去籌款，第一個要勒索的是香霸，不到他不奉獻，然後去扣青樓大少的門，恩人有難，他豈可坐視？」

符太哂道：「你勢成西京人最不想見到的人。」

龍鷹起立道：「邊走邊說！」

告別小敏兒後，兩人安步當車，離開金花落。

符太問道：「如何讓李隆基接手你的募捐大業？」

龍鷹道：「小弟負責起頭，到認捐冊上有十來個獻金者，便到洛陽和揚州去找善心人士，此時我們的獨孤美人兒會向安樂建議，為小弟找個籌款幫手，這個傢伙就是李隆基，來個移花接木。」

符太道：「你真的回揚州？」

龍鷹道：「假的！此乃『明修棧道，暗渡陳倉』之計，目標是將北幫在楚州的勢力連根拔起，順道迎接吐蕃的和親送禮團。同時以籌款人的身份，與林壯來個秘密交易，只要和親成事，吐蕃人將獻上五千兩黃金，是大婚所需三分之一的金額，怎到安樂不見錢眼開。哈！看！連消帶打，虧小弟想得出來。」

符太哂道：「你等若打劫眾兄弟的口袋，五千兩黃金可非小數目。」

龍鷹瀟灑的道：「錢財身外物，何況我們的兄弟個個身家豐厚，各自拿一件半件珍寶出來變賣便成，小財不出，大財不入。」

符太皺眉道：「何來大財？」

兩人經過沉香亭，沿龍池東岸，朝花萼相輝樓的方向走。出金明門後，是東市，北里在東市西北。不入北里，朝西行，可直抵皇城。

龍鷹語重心長的道：「人生最大的財富，是身壯力健，否則多少錢亦沒命享。健康也沒用，必須天下太平，人人安居樂業，才可以遊山玩水，或晚晚逛青樓，明白嗎？」

符太道：「竟敢來教訓老子？」

龍鷹笑道：「豈敢！希望今趟時來運到，可宰掉練元那傢伙。」

符太心癢道：「想殺懂『血手』的練元，沒老子出馬，肯定辦不到。」

龍鷹道：「西京沒了太醫大人怎成？」

符太道：「我不理！快給老子想辦法。」

龍鷹道：「你過得李顯那一關，其他不成問題，還可帶小敏兒一起去，以策萬全。」

符太欣然道：「這還差不多。」

談笑間，出金明門。

北里。因如賭坊。

香霸問道：「宗楚客獻金多少？」

今次為的是籌款，不用遮遮掩掩，否則賭坊未啟門下來訪，會令人懷疑他和香霸的關係。

香霸是給下人喚醒來見，一副睡眼惺忪的模樣，若非是「范輕舟」，肯定罵人，此時不得不在水榭接見，還要堆起笑容。

龍鷹老實答道：「他認捐百兩黃金，河間王認了十兩。」

香霸翻看認捐冊，不解道：「為何不見兩人名字？」

龍鷹坦白道：「我根本不知道須有這本鬼東西，宗楚客提醒我方曉得，今天始製作出來，未有機會拿去給他們簽署確認。」

香霸道：「沒有宗楚客在上面簽署，沒人夠膽子做名列首位的人，除非嫌命長。」

龍鷹咋舌道：「竟有此事？」

香霸將認捐冊交回他，道：「他亦在害你，捐五百兩好一點，若捐一百兩，將沒人敢捐一百零一兩，最大膽的也只敢捐九十九兩，這是個獻媚的問題。」

原來簡單的募捐，竟有這麼的潛規矩。

龍鷹光火道：「死奸鬼！」

香霸好言相勸的道：「勿動氣，西京的鬼規則，一輩子學不完。」

又沉吟道：「要不要反害宗楚客一把？」

龍鷹喜道：「有何妙計？」

香霸道：「翠翹樓的事你清楚，武延秀是恃勢壓我，恃的正是宗楚客之勢，可想而知，不論武延秀得回多少，起碼有一半落入宗楚客的袋子裡去，甚或不止一半。」

龍鷹明白過來，道：「老兄是順勢解決這件事。」

香霸苦笑道：「現時處劣勢的，當然是我，做蝕本生意沒問題，卻不是給人這般明搶，還不曉得事情如何了結。」

龍鷹問道：「我可以做甚麼？」

香霸道：「在西京，少個子兒也不成，北幫開支龐大，戰爭又是最耗財的事。所以田上淵攻打大相府，不單奪命，且是謀財，大相府給洗劫一空，也令武延秀失去武三思財力上對他的支援，才會在宗楚客的推波助瀾下來找我榮士算舊帳。」

龍鷹道：「老兄言下之意，是否武延秀只是見錢眼開，而非故意為難你？」

香霸道：「純屬推斷，現在武延秀最著緊是做駙馬，其他事沒理會的閒情。」

略一沉吟，續道：「武延秀絕不甘願被宗楚客分他的家產，故此只要我們開出他難以拒絕的條件，和他說話的又是你，肯定他撇掉宗楚客。」

他的看法，合乎人性的自私自利。

龍鷹點頭同意。

香霸道：「當年我和武三思合資買下翠翹樓，用了六千兩黃金，武三思二千兩，我四千兩，就當武三思的二千兩在這幾年翻了一翻，不過是四千兩。現在我就以五千兩黃金將武三思翠翹樓的權益買下來，假如武延秀不同意，可掉轉來做，給我五千兩，以後翠翹樓是他的哩！」

龍鷹道：「榮老闆厲害，青樓生意，特別是規模大至如翠翹樓者，豈是人人可接手？尤其是天下重心轉移到西京來，洛陽風光不再，經營翠翹樓更不容易。」

香霸道：「正是如此。我的誘敵之計，就是私下秘密送武延秀五百兩黃金。而賣翠翹樓所得的五千兩，全用作大婚的捐獻，那宗楚客將得不到半個子兒。」

龍鷹叫絕道：「好計！」

又擔心的道：「武延秀肯捨二千五百兩而取五百兩？」

香霸分析道：「這筆大橫財一旦曝光，武延秀可守得住嗎？這方面由范當家拿捏，明示暗示，讓武延秀清楚要私下藏起來絕不可能。想想吧！如讓人知道他得到五千兩，竟不為自己的婚禮出半兩，誰還肯慷慨捐助？」

龍鷹道：「有道理！」

如此狡計，龍鷹自問想一千年仍想不出來，香霸則兩眼一轉，計上心頭。

香霸道：「何況武延秀並非一無所得，另有不為人知的五百兩入袋平安。否則即使分得二千五百兩，還不是要向安樂上繳。聽說安樂的手頭很緊。」

龍鷹問道：「老兄可拿這麼龐大的現金出來嗎？」

香霸慘不堪言的道：「拿不出也要擠出來。一天未解決翠翹樓的事，我寢食難安，遲早給他們逼死。」

此時有人進來，俯身在香霸耳邊說話。

手下去後，香霸道：「錢銀方面由老哥憂心，老弟儘管去找武延秀談判，恫嚇也好，威逼利誘亦可以，務迫他就範，此事全仰仗老弟哩！」

龍鷹表示明白。

香霸道：「捐錢方面，我認五十兩，老弟先找宗楚客在首位具名，另再加多幾個人，便拿來給老哥押署。」

龍鷹感激的道：「你已幫了我一個天大的忙，籌一萬兩，與籌一萬五千兩，是天壤雲泥之別。」

心忖的卻是若加上吐蕃和親團的五千兩獻金，剩下之數少於五千兩，便是由本不可能的事，變得大有可能。

香霸最後壓低聲音道：「小可汗要見你。」

香霸去，台勒虛雲來。

兩人坐在水榭外臨水平臺處說密話。

台勒虛雲感慨的道：「湘夫人、柔夫人昨天離京。」

雖明知她會離開，但當真正發生，心內仍有說不出的惆悵。

台勒虛雲不著意的問道：「符太還有去找王庭經嗎？」

龍鷹道：「不清楚，亦不好意思去問。」

他一直曉得湘夫人離去在即，至少她曾這樣對他說過，龍鷹卻沒怎麼放在心上。或許該說是當她那麼向他說時，他像只能模模糊糊聽得懂，可並不真正明白其中的意義，沒當作是道別。

為何這樣子？應是他們間從未試過有刻骨銘心的愛情，鬥來鬥去，敵我難分，不知是有情還無情，令龍鷹很難為這個美女師父認真。可是，在離別前一刻，他和湘夫人終於發生了關係，感受體會到若即若離的「玉女宗」高手對他深切的眷戀。於那一刻，他感到多了精神上的負擔，在沒任何準備下，唯一可做的事，是把這段忽然發生的情，盡量往深處埋藏。

於台勒盧雲告訴他之前，他幾忘掉了她，突然給勾出來，想到以後或永不相見，似早遺忘的記憶片段，以電光石火的高速掠過腦海，方發覺曾與湘夫人共度的時光如何多采多姿，樂而忘返。

他失去了甚麼？

台勒盧雲的聲音將他喚回來，道：「輕舟是重感情的人。」

龍鷹勉強壓下那令人斷腸的離愁別恨，沉聲道：「九卜女想殺王庭經。」

他必須說些刺激的事，以分散自己的心神。

那趟，也是他和湘夫人唯一的歡好裡，湘夫人表達出來的感情，勝過他們以前所有交往的總和，超越了人世間恩怨情仇，是全心全意的奉獻，時間也像被凝止固定，餘下者惟當下的每一刻。

台勒盧雲沒對他的話做出應有的反應，被他因湘夫人的離開所顯露出來的愁懷而頗生感觸，道：「一切源自我們的心，可將支離破碎的事物連繫起來，還原成我們能接受、有意義的整體。」

龍鷹聽得一塌糊塗，搖頭道：「我不明白。」

台勒虛雲道：「輕舟之所以不明白，是因不曉得心以外的世界，常處於日益加劇的解體裡，不住地被新的人事取而代之，忽然間，我們熟悉的東西，變得過時，或遭到無情的摧毀和破壞，一去不返。但是，惟有我們的心，可以將過去和現在連繫在一起，就像從未改變過。」

又道：「你認為她離開了，她便是離開了，但如果你認為她仍在你身旁，你將覺得她永遠和你在一起，除非你拋棄對她的感情。」

從台勒虛雲眼裡，重現那個細雨迷濛的清晨葬禮上，台勒虛雲揭開殮屍布，審視花簡寧兒面容時的哀傷。

第六章　出身來歷

龍鷹向台勒虛雲道出九卜女的事，於關鍵處加以改動，說成符太的「醜神醫」返聽雨樓時，發覺油燈被做了手腳，遂施展手段，其他一切如舊，但因九卜女施展奇異遁術，令他們追失了她。

台勒虛雲默默聽著，沒插口問問題。

坦白說，龍鷹情願他多發問，俾能掌握他的心意，像如此莫測其高深的模樣，以龍鷹堅毅不拔的意志，亦不時心裡發毛，不知會否露出馬腳。

說到底，就是作賊心虛。

聽畢，台勒虛雲皺起眉頭，緩緩道：「王庭經怎可能解九卜之毒？」

他這般說，令龍鷹曉得他明白「活毒」是甚麼一回事，他的疑惑與九野望不謀而合，都是旁觀者清，能跳出眼所見的現實框框，從更廣闊的視野，審視表象外的可能性。

對任何一方勢力來說，唯一清楚者，是王庭經乃女帝一手培植出來，其出身來歷，信不信由你，從來沒證實過。

因為「王庭經」根本是子虛烏有的人物，由女帝、胖公公和上官婉兒合力炮製，本該破綻百出，但因有三代醜神醫接力扮演，死馬當活馬醫，成功創造出這個不可能的神話傳奇。到千黛寫成《行醫實錄》，以最踏實的方式傳龍鷹和符太醫道，假亦變成真，使本不可能的事，延續至今。

現在有關醜神醫的問題，仍是多年前在洛陽時的舊問題，就是怕給醜神醫窺破或逆轉他們害命的手段。不論台勒虛雲一方，又或宗楚客一方，王庭經絕對是個可顛覆一切的威脅，後果難料。

今趟之破九卜之毒，令王庭經更是鋒芒畢露，也因而帶來天大的危險。以宗楚客一方而言，重心已從「范輕舟」暫時轉往「王庭經」，因其乃燃眉之急也。只恨殺醜神醫，難度尤在范輕舟之上，皆因他置身宮禁。像那次在三門峽伏擊刺殺的機會，一去不返。

除知情者外，人人對醜神醫是「知其然而不知其所以然」，雖說地大物博，奇人異士輩出，可是像醜神醫般，不論醫術、武道均臻超凡入聖之境者，百年難遇。即使真有這麼的一個人，亦該有根有源，不可能像王庭經如從地底某處忽然鑽出來般。

自己應否做出補救，為醜神醫編排一些離奇經歷，以增添他存在的可信性？一如為「范輕舟」創造出身的離奇經歷。

不用說得太清楚，如薄雲掩月，若現若隱，其餘就由聽者憑想像力補足。

想到這裡，心中一動。

宗楚客之所謂測試自己對他的忠誠，不可能是要自己合謀去殺符太的「醜神醫」，而是像眼前的台勒虛雲般，想摸清楚醜神醫的底子。

忽然間，為醜神醫完善其出身來歷有其必要性，以免讓對方想到龍鷹不願想及的可能性去。直接交代醜神醫的來歷，由於並不存在，是自曝其醜，故拿捏上非常困難，動輒弄巧反拙。

果然，台勒虛雲接著問，道：「現今西京城內，以輕舟和王庭經的關係最密切，又曾屢次共歷生死。他有否透露自己的事？」

又怕龍鷹為王庭經隱瞞，加重壓力，道：「例如對九卜女向小敏兒施毒，他怎都該解釋幾句，談及毒性，以及他之所以能破解的道理。」

台勒虛雲說的，正是他熟悉的人性，人之常情。龍鷹長時間和王庭經相處，王庭經又從多方面顯示他對范輕舟的信任，不可能事事守口如瓶。

龍鷹裝出搜索枯腸的模樣，道：「依我看，其出身該為忌諱，王庭經從來不提，我也識趣不敢問。唉！人總是有好奇心的，我曾問過他，他的醫術是怎樣學來的。他告訴我，大半是從一本書學來的。」

台勒虛雲給引起興致，問道：「他有進一步說嗎？」

龍鷹道：「他沒隱瞞，告訴我在奉聖神皇帝之命，出使奚國為奚王之子治病前，胖公公送了他一本叫《萬毒寶典》的醫書，囑在路上細讀，但讀畢後必須將其燒為灰燼。」

稍頓續道：「王庭經特別提醒我，勿為此典的名字所惑，視作純為用毒、解毒之書。事實上，整個醫道是建立在一個字上，那就是『毒』，故此書包羅萬有，令他本平平無奇的醫術，提升往極高的層次。可以這麼說，從奚國回來的他，再非同一個人。」

龍鷹說的，台勒虛雲顯然從未想過，一副竟有此事的神情，問道：「胖公公有向他解釋此典的來龍去脈嗎？」

龍鷹暗呼「技術就在這裡」。

他所說的，確有其事，愈清楚情況者，愈明白他非隨口編造。

關鍵處，是胖公公為何肯栽培王庭經？此亦為巧妙之處，因是不用說出來。明白的，自然明白。

道：「胖公公告訴他，此典來自胖公公的師尊，至於胖公公的師尊是誰，王庭經沒說，或許他也不曉得。」

台勒虛雲現出深思之色。

龍鷹此一對王庭經的說法，明示、暗喻了多方面的事情。

胖公公肯傳王庭經其師父韋憐香的《萬毒寶典》，唯一合理的解釋，是王庭經屬魔門的人。事實確然如此，那時扮「醜神醫」的，正是龍鷹的魔門邪帝。

於台勒虛雲而言，此事若然是真的，連帶解釋了為何女帝和胖公公提拔王庭經，因大家是自己人。

一理通，百理明，以往搞不清楚龍鷹與「醜神醫」的關係，立時變得清清楚楚，雙方同門也。

女帝歸葬乾陵，王庭經仍肯回來向李顯效力，該為胖公公的主意。

至於王庭經屬魔門何派何系，怎會平空鑽出這麼一個怪人來，龍鷹無須解釋，概由台勒虛雲去發揮他豐富的想像力。

一句說話，道盡一切，解開對王庭經的所有疑團。

台勒虛雲問道：「對今次九卜女向他下毒手，王庭經怎麼看？」

龍鷹道：「當然痛罵老宗和老田，還誓殺九卜女。這個人很古怪，若九卜女對付的是他，他反不放在心上，但禍及小敏兒，則忍無可忍。」

台勒虛雲想曉得的，不是王庭經的反應，是他的想法，龍鷹非不知道，但因一時不知如何答他，遂顧左右言之。

這個問題，牽涉王庭經在現今朝廷、宮廷惡鬥裡的態度、立場，對情況掌握的廣度、深度，並不易答，且有很大的風險暴露龍鷹的「范輕舟」與符太的「醜神醫」，兩人間真正的關係。

台勒虛雲當然不讓龍鷹輕易脫身，單刀直入的問下去，道：「他曉得九卜女為何務要置他於死？」

龍鷹來個四兩撥千斤，道：「九卜女與他並不相識，無仇無怨，下此毒手是有田上淵在後指使，而田上淵欲殺王庭經的心意，早見於三門峽中流砥柱的迎頭痛擊。王庭經一直認為，田上淵想殺他，是因他與宇文朔聯手調查有關『獨孤血案』一事。」

台勒虛雲皺起眉頭，顯然不大滿意這避重就輕的答案。

要知如王庭經清楚老宗、老田殺他乃弒李顯的準備工夫，將涉及眾多難作合理解釋的人和事，例如王庭經因何不立即警告李顯，指出李顯的龍命受到威脅，王庭經沒任何理由為老宗、老田隱瞞。

王庭經坐看李顯被弒，於他有何好處？很大機會下一個輪到他。若他回朝效命李顯的原因是出自胖公公授意，就更說不通。

唯一解釋，是王庭經知其一，不知其二。既不曉得大江聯一方的存在，更沒察覺老宗「大婚之計」的奸謀。

而台勒虛雲之所以不滿意，皆因此情況違反人性，以「范輕舟」、「王庭經」曾共歷生死的兄弟情，前者沒理由不提醒醜神醫目下形勢風高浪急的凶險。

龍鷹做出補救，歎道：「昨夜九卜女憑奇術遁離後，我告訴王庭經九卜女被田上淵指使來殺他，遠較他想像的複雜，關係到韋宗集團整個奪權的陰謀，唯一的障礙是他。」

台勒虛雲興致盎然的道：「王庭經怎樣反應？」

龍鷹道：「他要立即入宮見李顯。」

台勒虛雲微笑道：「此事當然沒發生，輕舟如何說服王庭經？」

今回到西京後，從龍鷹將楊清仁捧上右羽林軍大統領的一刻開始，他和台勒虛雲的秘密關係愈見密切，交談一次比一次深入，風險愈來愈高，任何地方露出破綻，可將賺回來的，全賠出去。

最怕是影響到他們的「長遠之計」，李隆基在站穩陣腳前，絕不可洩露底細，那時台勒虛雲只須放出風聲，自有韋宗集團代勞，於李隆基未成氣候前輕易收拾。

故此，阻止田上淵對李隆基的刺殺，須由表面與他們沒絲毫關係的「兩大老妖」

出手，若給看破與李隆基的關係，台勒虛雲不單明白「范輕舟」欺瞞他，更會猜到李隆基是龍鷹一方屬意未來天子的人選，那肯定立即完蛋大吉。

西京的龍爭虎鬥，如履薄冰，說錯一句，可逆轉形勢。

龍鷹道：「王庭經不大肯聽人說話，對我算好一點，所以我沒試圖說服他，反問他，若李顯相信他的話，同意妻女、權相正合謀取他的龍命，會帶來怎樣的後果？」

台勒虛雲道：「他如何回答？」

不清楚後果者，壓根兒沒談西京政治的資格，李顯絕非可共患難的君主，缺乏逆勢作戰的鬥志和堅持力，反覆無常，優柔寡斷，為他效命無異於找死。

龍鷹道：「他沒答我，想了好一陣子後，拍桌大喝說，『老子不幹了』。」

此為繼第一個「技術位」，胖公公贈《萬毒寶典》後，第二個「技術位」，前後呼應。

又道：「說出這句話後，他不知多麼高興，今天他入宮，就是向李顯辭行。」

台勒虛雲不解道：「李顯怎肯放他走？」

此招一出，解去了台勒虛雲所有疑慮，既鞏固先前奉胖公公之命回朝看顧李顯的說法，又顯示王庭經不具別的圖謀，在見事不可為下，萌生退意，眼不見為淨，沒任何包袱。

龍鷹暗抹一把冷汗。

今趟為符小子的「粉飾」，是給逼出來的，若仍左閃右避，徒令台勒虛雲生疑，現在幾經辛苦，總算成功過關。

龍鷹道：「王庭經忽然離開，早有前科，任他胡謅，我們無須為他擔心。」

台勒虛雲順口問道：「今趟去後，還回來嗎？」

龍鷹若無其事的道：「那就須看小弟了。」

交談至此，龍鷹首次掌握主動，主導話題。

台勒虛雲欣然道：「願聞之！」

龍鷹道：「田上淵兩次要殺他，與王庭經已結下樑子，不過王庭經清楚，憑他一人之力，奈何不了老田。可是，如和老田開戰，王庭經樂於來趁熱鬧。」

台勒虛雲道：「換言之，王庭經暫時不離開中土。」

龍鷹聳肩道：「很難說，此人有若閒雲野鶴，隨時心念一動，要到哪裡便到哪裡，恐怕連他自己也沒法說得準。」

又道：「像他現在般，說走便走，肯定事前沒想過。」

台勒虛雲漫不經意的問道：「王庭經怎麼看清仁？」

龍鷹立告頭皮發麻，台勒虛雲來個奇兵突襲，重提符太當醜神醫徒弟時，認定楊清仁為大江聯突襲者之一的舊事。

今次可說是台勒虛雲向「范輕舟」攤牌式的深談，過得了此關，大家方有合作無間的可能性。

橫答豎答，怎麼答也是個窮巷，索性來個似答非答，模稜兩可。

道：「他對河間王沒甚麼好感，曾反對讓河間王任大統領之職，只是說不過我，沒堅持下去。」

台勒虛雲道：「他有說出反對的理由嗎？」

龍鷹道：「沒明確理由，只說不信任他。」

此時龍鷹唯一想的，是立即離開，如容台勒虛雲續問下去，他終有招架不來的時候。

台勒虛雲仍想說話，臉上現出古怪的神色。

早在台勒虛雲有感覺前，龍鷹已感應到有人進入軒內，朝臨水平臺走過來。

竟是无瑕。

在感應的靈敏度上，龍鷹比台勒虛雲，至少高上一籌。

下一刻，无瑕現身兩人眼前。女裝打扮，神態輕鬆，似放下某些心事。迎上龍鷹目光時，唇角還洩出一絲甜美的笑意。

兩人起立迎接。

破天荒首次，三人聚在一起。

无瑕巧笑倩兮的道：「无瑕說幾句便離開。」

又轉向龍鷹道：「范當家和无瑕一道走嗎？」

龍鷹對她的邀約求之不得，但必須尊重台勒虛雲，得他同意，朝他瞧去。

台勒虛雲頷首同意，接著道：「玉姑娘是否有要事相告？」

由於位子得兩個，无瑕又表明只說幾句，三人站著說下去。

兩人目光齊往无瑕投去，看她有何說話，須同時和他們說。

无瑕壓低聲音道：「田上淵在城外一處碼頭遇襲。」

龍鷹裝出如台勒虛雲般摸不著頭腦的反應，心裡明白過來。總言之，无瑕適逢其會，遇上兩大老妖於光天化日下偷襲藏身船上的田上淵、九卜女及其一眾手下，无瑕目擊整個過程後，趕回來向台勒虛雲報訊，說不定暗裡懷疑兩大老妖是龍鷹的「范輕舟」和符太的「醜神醫」扮的，可抓著證實的機會。

豈知抵因如賭坊，竟發覺龍鷹在和台勒虛雲說話，令她放下懷疑，因而如釋重負之情，溢於言表。

台勒虛雲訝道：「玉姑娘為何在場？」

无瑕道：「昨夜我接到線報，田上淵在城門關閉前從安化門入城，猜到他是去見宗楚客，立即趕去，豈知抵宗府前，遇著他離開，於是改為躡在他身後，看他到哪裡去。當時有夜來深伴他一起離開。」

龍鷹心呼好險，沒在秘道與无瑕碰頭，惟鴻福齊天可形容。

第七章　玉女心動

漕渠。南岸。

龍鷹、无瑕並肩坐在岸坡，厚重的雲層低垂，秋風呼呼，似在醞釀一場風雨。

一路從北里走來，他們沒說過話，氣氛卻是融洽的，无瑕似對龍鷹消去某些疑慮，龍鷹則察覺到她因之而發自真心的喜悅，大感受用。

眼見為憑。

任龍鷹對奪回五采石一事說得天花亂墜，然所有事均建基於巧合之上，「兩大老妖」的出現更令人難有著實的感覺，本身雖可自圓其說，說服力卻軟弱無力，无瑕只是拿他沒法，心內肯定不信他半句鬼話。

可是，當无瑕跟蹤田上淵到城外北幫的秘巢，目睹「兩大老妖」驟然出現，攻擊有田上淵為九卜女療傷、泊在小碼頭的船，謊言變為現實，不可能的變為可能，勝過龍鷹再說千言萬語。

无瑕最重要的，也是不宣自明的任務，是負責監察「范輕舟」與大江聯合作的誠意，並施盡渾身解數拴著他的心，令他甘為大江聯所用，至少保持合作的關係。

龍鷹將楊清仁送上大統領之位前，台勒虛雲對「范輕舟」一直有保留。此事後，他們的關係進入一個全新的階段，卻非風平浪靜，仍在多方面磨合著。

龍鷹說出來的得石經過，一點沒說服无瑕，直至此刻，也去除了兩人間的障礙。

无瑕所描述兩大老妖逞凶的過程，說的痛快，聽的痛快。

那艘船就像用紙糊出來的，兩大老妖以雷霆萬鈞之勢從天而降，視堅實的艙房、甲板、船身如無物，就那麼穿牆破壁的強攻，守在船上的北幫高手，如被洪水破堤，兩三個照面已潰不成軍，死傷枕藉，岸上分壇內的北幫幫眾，在做出反應前，船兒早破木橫飛，甲板碎裂，艙不成艙，破洞處處，給方閻皇和康老怪兩個無人不聞之色變、中土魔門碩果僅存的兩大元老級可怕人物，攻入艙內去。

无瑕不能透視艙壁，見到的是透過破洞的人影晃動、木碎激濺，和悶雷般響個不絕的勁氣交擊。

龍鷹首次看到台勒虛雲震撼的神色。

如敘述者非是无瑕般級數的高手，台勒虛雲會認為是誇大了，可是无瑕的描述精確細緻，將所見一絲不差的重現台勒虛雲腦際，其震撼力確難以描擬。

龍鷹亦聽得為之咋舌，因超乎想像之外。天師、法王聯手，當然威力無儔，但是臻至「至陽無極」之境的「黃天大法」和「不碎金剛」，如何厲害，龍鷹並不知道，只能想像。

據无瑕的判斷，幾下吐息後，船上只剩下田上淵和九卜女兩人在頑抗，一向不可一世的田上淵，承受了兩大老妖絕大部分的攻擊，九卜女首先借水遁，接著是田上淵，兩大老妖沒有追進水裡去，只傳音入水，限田上淵在三天內將五采石交出來，然後從對岸施施然離開，攻擊至此結束。

龍鷹終明白他們之計，就是令田上淵在未來幾天一籌莫展，誠惶誠恐，還要集結高手，以應付兩大老妖另一輪突擊，遑論去攔截李隆基。

此乃「圍魏救趙」之計。

這事進一步證實龍鷹所言屬實。九卜女被王庭經重創後，躲到田上淵的座駕舟養傷，也是適逢其會。

九卜女在復元未竟全功之際遇襲，甚或一傷再傷，對她會有多大損害？

「在想甚麼？」

龍鷹吁出一口氣，道：「這兩個老不死確厲害至教人難以置信，難怪當年硬闖東宮，陷身天羅地網仍可全身而退。」

无瑕點頭道：「他們是一次比一次厲害。」

龍鷹知她說漏了口，指的是曾因《御盡萬法根源智經》，與自己扮的「康老怪」交手一事。又或更之前追殺「醜神醫」，誤犯「康老怪」。

訝道：「大姐和他們交過手嗎？」

无瑕道：「人家指的，是比之東宮之戰而言。」

龍鷹道：「對上他們，老田沒一次不落荒而逃。」

又問道：「勿隱瞞，大姐有否到小弟所說的老田秘巢實地觀察？」

无瑕懊惱道：「何須隱瞞？去過哩！死小子！不信人家。」

雖給責怪，心裡甜滋滋的，无瑕尚是首次以這種聲調語氣和他說話。

挨近道：「有何感受？曉得小弟是個老實人，對吧！」

无瑕歎道：「感受嘛！是不敢相信眼所見到的。那是間堅固的房子，卻變得屋不成屋，就像田上淵的座駕舟，似造出來供他們蹂躪般，整面牆壁朝外噴發，屋內的東西變成碎屑，房頂如被大風掀走，散佈方圓二十丈之地，不可能是由武功造成的。」

又道：「他們的意圖清楚明白，行刺李顯，是要報武曌滅門之恨，可是房州、洛陽的兩次功敗垂成，令他們打消此意，改而謀私利，五采石正是天下罕有能令他們心動的事物。可是呵！他們出現的時間、地點，總有巧合至天衣無縫的意味。上趟令你們為妲瑪得回五采石，今趟適值九卜女在船上養傷，使田上淵不得不硬捱他們的聯手合擊，走遲點也沒命。」

龍鷹心忖你愛怎麼想，就怎麼想，不懷疑老子便成。道：「想不通的，莫費精神，能逼死老田更好。嘻！我們很久沒親熱過。」

无瑕立即杏目圓睜，生氣道：「還要說，你這幾天滾到哪裡去了？再也不准提親熱兩字，給過你機會，卻不懂把握，以後都沒有哩！」

看她一副舊恨新仇的模樣，龍鷹笑嘻嘻的道：「那就一切重新開始。噢！」

无瑕把嬌軀轉過來，劈手抓著他襟頭，惡兮兮的道：「你這幾天到哪裡去了？」

表面上屬男女間問罪算帳、耍花槍的話，內裡並不簡單。

先前无瑕說過，因接到線報，知田上淵入城，故趕往芙蓉園去，由此可知，大江聯正在西京重整情報網，由无瑕統領，或至少重要的消息須上報无瑕。

大江聯注意監視者，就是像田上淵、范輕舟般的人物。過去幾天，龍鷹為讀《實錄》，大部分時間足不出戶，昨天更是整天在金花落內，於龍鷹乃前所未有的情況，等於在无瑕的探子網上消失了。

无瑕當然不認為他待在家裡，只認為故意隱蔽行藏，實則去幹些不可告人的勾當。

龍鷹攤手道：「在家睡覺不行？」

沒想過的，无瑕香唇湊上來，送他火辣的熱吻。

唇分。

无瑕輕輕道：「胖公公、方閻皇和康老怪三人間，是否有關連？」

龍鷹差些兒後悔告訴台勒虛雲胖公公贈《萬毒寶典》予「王庭經」的事，剛才台勒虛雲為向她解釋因何九卜女會在老田的船上，說出昨夜王庭經破了九卜女的其中一卜，順帶道出王庭經在解毒上如此了得的原因。无瑕一聽下立即心領神會，曉得王庭經的真正來歷大不簡單，故有此聯想。

龍鷹一呆道：「怎會忽然扯到胖公公身上去？」

心忖這一關怎都要守住，否則兵敗如山倒。

最明顯的是符太當年憑背後的胖公公，逼香霸交出《御盡萬法根源智經》，以遂追求柔夫人之願，他的「康老怪」適時出現，還和无瑕爾虞我詐，鬥個不亦樂乎。隱隱裡，胖公公和「兩大老妖」似有千絲萬縷的瓜葛，亦只有像胖公公般輩份的魔門元老，可得到兩大老妖的尊重。

遠的不說，說近的。

不論爭奪五采石，或惡鬥九卜女，「兩大老妖」均適逢其會，他們與醜神醫的關係，更是若隱若現。如醜神醫真的與「兩大老妖」有不可告人的關係，那這個關係，必是因胖公公而來方說得通。

无瑕咬著唇皮，搖搖頭，似要揮掉某些模糊又擾人的念頭。

龍鷹謹記欲蓋彌彰的硬道理，不放心上的吻她香唇。

无瑕柔情似水的反應著。

龍鷹知機的拋開一切，投進去，天才曉得无瑕肯讓自己一吻再吻，是否要藉此窺看他內心的真正情緒。

剎那後，无瑕化作一團烈焰，清香四溢，擁抱她，等於擁抱一切，龍鷹生出焚燒的激烈感覺。除她外，容不下其他任何事物。

他拋開一切，也拋掉一直對她的防範、克制。

下一刻，无瑕掙脫他的擁抱，坐直香軀，臉紅似火，急促嬌喘著，酥胸不住起伏，驚心動魄至極。

龍鷹回過神來，心呼好險。自己確失控了，魔種失掉提點警示的作用，幸好无瑕好不了多少，但至少該比他高上一線，懂懸崖勒馬。

邪帝、媚后的較量，以不分勝負告終。

「玉女心動」，是否就是无瑕現時的動人模樣？

龍鷹湊過去，親她熱辣辣的臉蛋。

无瑕閉上一雙明眸，呼吸逐漸平復，體香收斂。

到此刻，龍鷹方領受到「玉女宗」第一高手的「媚術」功架。更想到，她雖「玉女心動」，卻仍可保持靈臺的一點清明，可知在魔種龐大的衝擊下，仍未能粉碎她的「玉心」。

无瑕輕輕道：「人家給你害苦哩！」

龍鷹奇道：「親個嘴，竟就害了你，算甚麼娘的道理？」

无瑕張開美眸，朝他瞧來，眼裡藏著龍鷹不明白的神情，微搖首，道：「不是指親嘴，是指你。」

龍鷹大訝道：「小弟有何問題？」

无瑕雙眸回復平常的清澈深邃，烏黑眸珠在雲層低垂的暗天裡閃閃生輝，道：「你令人家很矛盾。」

龍鷹不解道：「我不明白！」

无瑕道：「你不是在人家的位置，當然不明白。每次，人家向小可汗報告你的狀況，不但不敢將心底裡真正的想法坦白說出，即使說一般的事情，總要這處某處的為你修飾，否則有出賣你的感覺，令人很不好受。」

龍鷹心裡喚娘，苦笑道：「原來你一點不信任小弟。」

无瑕幽幽道：「這與信任沒關係，而是對你的感受。表面上，或該說是事情的表象上，你的敵人或盟友都抓不著破綻，故此不是信你又或不信你的問題。」

龍鷹抓頭道：「那小弟究竟在哪方面出岔子，令大姐須為小弟左瞞右瞞，不敢如實道出？」

无瑕挨過來，肩碰肩，湊在他耳邊道：「敢問范當家，怎曉得田上淵在三門峽截擊你們？」

无瑕輕描淡寫的幾句話，如將他送入寒冬，感到徹骨的寒意。懷疑他是龍鷹，該自那刻開始，故有後來无瑕的親身驗證。

這仍是可解釋的。

龍鷹道：「沒這點能耐，小弟不知死了多少次。要殺小弟、王庭經、宇文朔任何一人，必須於絕地佈局，三門峽乃出關後到洛陽前唯一險地，老田豈肯錯過？」

无瑕坐回去，仰望低垂著、層層疊疊的雲朵。

一群烏鴉在附近一株老樹上，發出「嘎嘎」爭鬧的叫聲，淒厲刺耳。

无瑕沉浸在當時的情景裡，自言自語的呢喃道：「可是呵！无瑕真的很享受與范當家共歷生死的感覺，每一刻都沒齒難忘。」

龍鷹開始有些兒明白她芳心內的矛盾，是感情和理智的衝突。

无瑕歎道：「你對人家是有敵意的，因此，當你在入峽前進房來關懷人家，尤令无瑕感動。」

龍鷹心生感觸，她房內出浴，露出裸露的香背，其線條之優美，乃龍鷹畢生難忘的奇景，多麼希望可每天看一次。

道：「在那種敵我難分的情況裡，大姐又是不速之客，教小弟該如何對待？」

无瑕似沒聽到他的話，逕自說下去，道：「不採人道，採神道，放火焚舟，已超越了一般江湖大豪的經驗和身份，而是計算精確的軍事行動。觀微知著，當人人不解為何你去參與河曲大會戰，並取得驕人戰果，无瑕卻感理所當然。」

龍鷹聽得頭皮發麻，无瑕說的「破綻」，是自己從未想過的，難怪她要走一趟南詔，看龍鷹是否「范輕舟」。

幸好發覺龍鷹正在洱海過著幸福的生活，享受妻兒的天倫之樂，樂不思蜀，此時她芳心內龍鷹的位置已逐漸被「范輕舟」取代，主因該是三門峽之役太過深刻難忘。

龍鷹一時想得癡了。

无瑕有著攝人心神般魅人特質的聲音鑽入耳鼓，悠然響起的道：「范當家與王庭經、宇文朔的關係耐人尋味。宇文朔為關中世家領袖，屬統領群雄的人物，王庭經更從來不賣任何人的帳，可是對范當家呵！總唯命是從。」

龍鷹苦笑道：「沒那般誇大吧！實情是我們有商有量，最後的決定，是在一致同意下作出來的。」

无瑕道：「如人家先前說的，三門峽之戰，具有軍事行動的本質，不容費時失事的探討商量，需要的是一個能當機立斷的統帥。无瑕一直在旁默默留神，那個人就是范當家。你告訴人家呵！他們兩人和你究竟是怎樣的關係，純粹因為龍鷹嗎？宇文朔根本與龍鷹不相關。」

龍鷹道：「你問我，我問誰？」

无瑕「噗哧」笑道：「死小子！又來耍無賴的一套，顯然理屈詞窮，無以為繼。」接著道：「郭元振為何肯信任你？」

龍鷹真的無言以對。

无瑕喜孜孜的道：「說不出話哩！看！人家為你掩飾得多麼辛苦，漏洞百出。」

龍鷹心裡升起希望的光芒，无瑕這麼說，顯然認為「范輕舟」不曉得她曾到南詔驗證龍鷹真身的事。

她當時的確認為「范輕舟」就是龍鷹，故走一趟南詔。

任无瑕智比天高，仍敵不過老天爺妙手的安排，她並沒如她所暗示的，被感情淹沒理智，且付諸行動，而龍鷹則以毫釐之差的優勢，天衣無縫過此驗證的危關。

看无瑕一副向自己邀功的可愛模樣，龍鷹大鬆一口氣。

驀地整個漕渠南岸大小樹木猛烈晃動，不旋踵，豆大的雨點灑下來。

龍鷹抓著无瑕的手，起身離開，心中不知多麼感謝風雨來得及時。

第八章　不歡而散

風雨裡，龍鷹送无瑕返香居，入玄關後，卻沒進廳的打算，向无瑕道別。

无瑕訝道：「至少進來喝杯熱茶才走嘛！否則人家怎能心安。」

龍鷹一雙魔目賊兮兮的打量她。

雙方均渾身濕透，分別在无瑕有掩不住的曼妙曲線，惹火之極。

无瑕毫不介意他大膽的目光，微笑道：「不是從不肯放過佔人家便宜的機會，為何今天變得謹慎守禮？」

龍鷹灑然道：「真的有這樣的機會嗎？大姐勿耍小弟。唉！人在江湖，身不由己。小弟當了籌款大使後，責任似從天上掉下來那樣子，避無可避。」

又歎息一聲，續道：「眼前當務之急，是要完成榮老哥交託下來，須與武延秀那小子談的一樁交易。」

无瑕白他一眼，道：「來日方長嘛！要找藉口，該找個好些兒的藉口。」

龍鷹道：「大姐有所不知，小弟對大姐因剛才的河濱纏綿，自制力徹底崩潰，在正常情況下，或尚可裝模作樣，扮道貌岸然，可是，大姐現在是這個樣子，平時看似窈窕的身材，原來這麼豐滿，色、香、味俱存，入屋後肯定獸性大發，一是給大姐揍扁，一是明早方筋疲力盡的離開，不論哪個情況，都誤了榮老哥之託。」

无瑕給他說得俏臉飛霞，狠狠盯他一眼，道：「不信！无瑕更不怕你。榮老闆有限著你今天某個時辰前完成他交託的事嗎？」

龍鷹訝道：「世事之荒誕，莫過於此。以前小弟要佔大姐便宜，次次碰壁而回，沒一次成功。現在小弟擺明侵犯你，大姐卻似惟恐小弟不這般做。告訴小弟，這趟是見真章，還是仍為虛招？」

无瑕大嗔道：「人家是氣不過你用如此拙劣的藉口，拒絕人家的一番好意。滾吧！滾回街上去淋雨。」

龍鷹大樂道：「又給小弟拆穿大姐所謂的佔便宜機會，只是掛在口上說說。可是呵！小弟的藉口卻非搪塞的虛言，皆因小弟在未來兩、三天內，須離開西京。」

无瑕訝道：「你到哪裡去？」

龍鷹道：「未定！或許是洛陽，又或揚州。」

无瑕皺眉道：「所為何事？」

龍鷹俯身探頭，咬著她的耳朵道：「當然為著不可告人的秘密，小弟一向好事多為呵！」

言罷大笑去了。

龍鷹冒大雨返興慶宮，不知多麼享受。入宮時，找到當值的兵頭，著他遣人去找武延秀來見，這才往金花落去。

與无瑕的相處，總令他回味無窮，怎想過親個嘴，竟可令自己魔性大發，忘掉一切。

无瑕是否「玉女心動」，怕未必是，但亦一步之差，該徘徊於心動的邊緣危域，故此由她懸崖勒馬。

他們的情況，是情意日增，男女之防輕如薄紙，一戳即破。

有時是龍鷹克制不住，有時是无瑕情不自禁。箇中妙趣，無盡無止。當真情和假意混淆不清，郎情妾意與爾虞我詐沒明顯的界線，抽離的情場與現實的戰場掛鈎，魔種和媚術角力較勁，不可能有分明的勝負，未來的結果無從揣測下，儘管龍鷹有鳥瞰式的視野，前路仍沒入一片迷濛裡。

唯一堪告慰的，是不論无瑕朝哪個方向想，仍不懷疑「龍鷹」、「范輕舟」，二為一也。

蒸掉濕氣，到金花落找符太。

太醫大人剛從皇宮回來，春風滿面，與外面的烏雲蓋天、雨橫風狂成強烈對比。小敏兒則喜氣洋洋，小鴨嘴掛著興奮的笑意，殷勤伺候。

一看格局，知符小子求仁得仁。

內堂憑窗坐下，聽著雨打瓦頂廊棚，密集又清晰的聲音。龍鷹問道：「如何說服李顯？」

符太洋洋得意，哂道：「何用說服？是知會。」

接著道：「老子告訴他，昨夜又夢到九頭黑色巨鷹連飛之象，此乃天大凶兆，必須到遠方避禍。直至夢見白鷹方可回來，否則必遭奇禍。哈！還怕不夠威力，告訴他此乃長期和閻王爺作對的後果。」

龍鷹道：「你真明白李顯。」

符太道：「我吩咐了高小子以飛鴿傳書，通知在揚州的林壯、老博等人，須做好隨時北上楚州的準備。江龍號已在揚州枕戈待旦，只待鷹爺你一聲令下。」

又道：「我們何時走？」

龍鷹道：「李隆基何時回京，我們何時走，既可表示我們和他沒有關係，又可留下籌款大使的空缺，在獨孤美女的推薦下，讓他不著痕跡的坐上去。」

符太歎道：「一萬五千兩黃金，國庫充盈時也消受不來，如何籌措？」

龍鷹欣然道：「小弟已籌得一萬零一百六十兩。」

符太聽得雙目圓瞪，失聲道：「怎可能的？」

龍鷹趁機道出今天的大事、小事，與香霸、台勒虛雲和无瑕交手的情況，他「醜神醫」身份的變化，兩大老妖強攻田上淵座駕舟的精采過程。

符太大樂道：「兩大老妖確為絕著，為我們大大出了一口氣，又叫『惡人自有惡人磨』。」

又皺眉道：「短短幾天之內，我們怎可能分別對付九卜女和洞玄子？」

龍鷹道：「九卜女已成驚弓之鳥，想在這情況下算她，事倍功半，很可能弄巧反拙，急亦急不來。」

稍一沉吟，道：「洞玄子之事，因有臥底呼應，故此只要找到機會，立可進行，一天和十天，分別不大。」

符太摩拳擦掌道：「就揀李隆基回來後，我們詐作離開時，如此台勒虛雲不會懷疑到我們身上來，這個黑鍋由老宗、老田去揹。」

大雨逐漸收斂，天色轉明。

小敏兒歡天喜地的來到兩人身前，說晚膳預備好了。

符太向龍鷹道：「武延秀那小子為何尚未到？」

龍鷹瞧天色，心忖和符太談近半個時辰，即使武延秀從公主府來，也該到了。向小敏兒道：「再等兩刻鐘。」

此時，小太監來報，武延秀到。

兩人出主廳見武延秀。

武延秀道：「請恕延秀來遲之罪，因有重大事故，必須立即處理。」

龍鷹訝道：「甚麼事？」

武延秀壓低聲音道：「正午前，有消息傳來，朝廷的兩大頭號通緝犯，被北幫的人發現正在來京途上。田幫主立即率人出手攔截，不過此兩犯恁是厲害，仍能突圍逃去，田幫主立即上報大相，再由大相通知皇上。」

見兩人呆瞪著他，解釋道：「兩位大哥或許不知此兩人為誰，不過只要曉得當年在洛陽，曾到東宮行刺尚是太子的皇上，雖被圍攻，最後仍能全身而退，便知兩人武功有多高強。兩人一為方閻皇，一為康道昇，均為惡名昭著的魔門現今碩果僅存的元老級高手。皇上聞之，極為震怒，立即下令全城加強防衛，並派出兵員搜索遠近。」

龍鷹和符太敢肯定李顯非是震怒，而是震驚。

老宗此著有何作用？當然非好事。不過確大幅增加法明和席遙返城的難度。

從語氣和稱呼的反應，知武延秀完全投向韋宗集團。不久前武延秀才稱田上淵的離開乃畏罪潛逃，現在則田幫主前、田幫主後的，語氣不知多麼恭敬。

符太道：「坐下再說。」

三人圍圓桌坐下。

龍鷹心裡對宗楚客這麼做，隱約有個答案，既可阻止「兩大老妖」入城，又可對付燕欽融，令他秘密來見李顯一事變得沒秘密可言。這奸鬼確非常難纏。

武延秀問道：「甚麼事，找得延秀這麼急？」

龍鷹收攝心神，不去想宗楚客全城動員帶來的影響，將香霸的提議，有條不紊的向武延秀清楚道出來。

豈料武延秀聽畢，立即漲紅了臉，青筋暴現的，大怒道：「榮士是否活得不耐煩了，竟敢向我玩手段，如我答應他，教我如何向大相交代？」

符太沉聲道：「你須向宗楚客交代甚麼？」

武延秀微一錯愕，立即理直氣壯的道：「大相支持延秀向榮士討回公道，取回延秀應得的，現在卻變成他榮士向八公主獻媚立功，大相將對延秀非常失望。」

龍鷹心忖這小子變得奸狡了，說漏了嘴，仍能容色不變的將歪理說出來，似忘掉安樂乃他未來嬌妻，婚禮是他和安樂的婚禮，他是最該出錢的人，寧願與宗楚客瓜分所得，亦不肯出半個子兒，可恥至極。

對付武延秀，龍鷹有道撒手鐧，就是繞過武延秀直接和安樂說，那時還可為香霸省回額外的五百兩金。

適才他提到翠翹樓香霸和武三思集資的事，指出武三思的一份為二千兩黃金，武延秀沒反駁，可見確為事實。現在香霸連本帶利，歸還的數目在一倍以上，是仁至義盡，務求解決此錢財之爭。武延秀卻不肯妥協，除了以自私自利形容之，找不到更貼切的形容語句。

正要說話，符太向他打手勢，阻止龍鷹說話，顯然對武延秀動了真火。

武延秀雙目凶光閃閃，狠狠道：「榮士想用區區五百兩來收買我，太小覷我武延秀了。」

他的目露凶光，不是針對符太，而是榮士，證實香霸沒猜錯，翻舊帳是個引子，最終目的是要侵吞香霸的龐大家當。現在因如賭坊已成西京最賺錢的大生意，香霸雖然一向低調，懂韜光養晦，可是剩瞧他可拿出五千五百兩黃澄澄的金錠子，便知他乃西京最富有的人。失去了武三思這個大靠山後，覬覦他財富的宗楚客，豈肯錯過機會。

不過，差些叼在口邊的肥肉，卻因「范輕舟」抵京，令形勢出現逆轉式的變化，暫時飛走。然而，機會尚在，就是「大婚之計」成功後，李顯駕崩，香霸還不是任他們魚肉。故此武延秀怎都不肯接受現時提出的條件，否則屆時將苦無迫害香霸的藉口。

從此一角度看，武延秀該清楚韋宗集團謀朝篡位的勾當。

符太冷冷道：「你剛才說榮士活得不耐煩，是否認為有宗楚客撐你腰，可令榮士家破人亡？」

武延秀雙目神色轉厲，可是與符太眼神交鋒，到了咽喉頂的狠話，終不敢說出來頂撞符太，垂下目光，忍著氣道：「只是延秀一時氣話，太醫大人勿放心上。」

符太道：「你可知一天皇上坐在他的龍座裡，一天不會讓人欺壓榮士，因他是武三思的至交和心腹夥伴，榮士亦與皇上關係密切。」

武延秀雖一臉不服氣，仍緊咬唇皮，按捺著不反駁。

「醜神醫」不論對李重俊，又或武延秀，因著符太的關係，有一定的鎮懾力。

符太再打手勢，著龍鷹不要干涉他教訓武延秀。

看樣子，武延秀為了中飽私囊，在此事上絕不肯任由香霸擺佈，鐵了心腸。

廳堂一陣難堪的沉默，只有武延秀重濁的呼吸聲。此子近年肯定荒廢武事，耽於逸樂，淘空了身體，否則練氣之士怎會保持不住細長的呼吸。

武延秀轉向龍鷹，以央求的語氣道：「范當家請高抬貴手，勿向八公主說出此事，由延秀自己來處理。」

「砰！」

符太一掌拍在桌面，連龍鷹也給駭了一跳，武延秀則大吃一驚。

兩人目光回到符太處。

符太語氣卻出奇地平靜，一字一字緩緩道：「當日李重俊來求教於我，老子告訴他，忍得住便是贏家，可惜他不以為然，落得今天身首異處的下場。」

武延秀沒說話，木無表情，肯定聽不入耳，也確難怪他，幾個月後，他將成最得寵公主安樂的駙馬爺，威勢如日中天，可與以前任何將他踐踏腳下者平起平坐。

若安樂成為皇太女，他的地位更乖乖不得了，利祿薰心下，怎聽得進逆耳忠言？符太是對牛彈琴。

符太不理他的反應，逕自道：「你們兩人難兄難弟，他是不自量力，基於一個虛假的妄想，踏入別人精心設計的陷阱卻懵然不覺；你則是看著自己的肚臍做人，忘掉滅族之恨，認賊作父，只知眼前小利。」

武延秀哪受得住，雙目怒瞪。

符太在他爆狠話前，暴喝道：「滾！」

若平地起驚雷，驅掉了武延秀的戾氣，如一盤照他頭淋下去的冰水。

武延秀的臉色有多難看，便多難看，求助的往龍鷹瞧來。

龍鷹歎一口氣，搖搖頭，道：「我不會對八公主說的。」

武延秀默默站起來，拉長著臉，向龍鷹頷首表示謝意，不敢看符太，然神色決絕，拂袖離開。

待他出院門，符太向龍鷹啞然笑道：「你的五千兩募金泡湯哩！」

龍鷹攤手，表示沒關係。道：「他再不是昔日的武延秀，僅餘的一點赤子之心，已不復存。」

符太罵道：「蠢材！」

龍鷹問道：「宗楚客故意張揚『兩大老妖』的事，有何企圖？噢！我的娘！不妥！」

符太亦為之色變，失聲道：「李隆基！」

龍鷹道：「此著該出自九野望的腦袋，是連消帶打，接手田上淵的任務。他奶奶的！敵人可待至李隆基的船進入關中他們的勢力範圍，方借『兩大老妖』的身份刺殺李隆基，以老宗現今能隻手遮天的威勢，可輕易將責任推個一乾二淨。」

李隆基屬皇族，「兩大老妖」有足夠殺他的動機和理由。

依偷聽得來的印象，老宗、老田都不大相信李隆基是令他們攻打興慶宮無功而回的原因，只因九野望堅持，且殺個人算甚麼，方同意九野望提議的行動。

當然，龍鷹和符太均知他押對寶。

若然出手，勢是九野望和那突騎施高手拔沙缽雄。在京軍大舉動員下，法明和席遙不但無從插手，還須遠離該區，暗保李隆基之計再不可行。

李隆基一方，亦因接近京城，生出到了安全區域的錯覺，再加上敵人巧佈陷阱，於他們最意想不到的時候悍然出手，刺客又是兩個頂尖級的人物，李隆基將難逃劫數。

第九章　外來軍團

武延秀去後，兩人本樂觀的心情一掃而空。於應變而言，宗楚客的將計就計，令「兩大老妖」爭取回來的成果徹底逆轉。

現在，他們必須作出最準確的判斷，擬出最有效的方法，否則李隆基將沒法活著進入西京。

更添難度的是保著李隆基的命並不足夠，洩出他手上商豫和十八鐵衛的底子，可能與當場被刺殺分別不大，韋宗集團將駭然驚覺，李旦最沒用的第三子，方為他們的勁敵。

在李隆基未成氣候前，他需要的是活動的方便和空間，一個可供他縱橫捭闔的環境。如此的大氣候正出現眼前，不容干涉，更不許硬被壓縮。

如何可兩全其美，保命而不露餡，煞費思量。

符太頭痛的道：「今趟的技術，在哪裡？」

還要瞞著一邊冷眼旁觀的台勒虛雲，想想亦清楚多麼困難。

龍鷹道：「知己知彼對成敗的影響，從沒一次比今趟更具決定性的作用，敵人方面不用說，現在連李隆基的情況，我們亦只有憑空猜估，猜錯便完蛋。」

符太雙目生機閃現，沉吟道：「非是那麼難猜估，我們大約曉得他們最遲四至五天內抵京，而直至進入西京水域前，我們都不用擔心，因有『兩大老妖』暗中護航。要擔心的，是當進入西京水域後，入城前的一段時間。表面看似安全，卻是最危險的位置。『兩大老妖』勢被拒於此區域外。」

龍鷹苦思道：「這算是『知己』吧！敵人又如何？」

符太道：「要行刺在河中高速行駛的船，難度很高，特別在光天化日下，水又非大河的混濁泥沙水，想從水裡無聲無息潛上甲板，近乎不可能。記著，如你所猜的，今次的刺客是深信李隆基是潛藏大敵的九野望，他自然會認為李隆基的從人裡暗伏高手，故絕不會蠢得大模厮樣的上船尋人，而是採一矢中的、遠遁千里的手法。」

龍鷹動容道：「好太少，分析入微，若如我在偷看九野望的心意。」

符太問道：「九野望真的那麼厲害？」

龍鷹苦笑道：「看著他，我有點似看到拓跋斛羅。」

符太聽得雙目閃亮，道：「現在的西京臥虎藏龍，幸好尚有『兩大老妖』和我們應個景兒，否則未來情況不堪設想。他奶奶的，我想到九野望的手段哩！」

龍鷹喜道：「太少了得！」

符太頗有感觸，道：「這兩天我處在奇異的狀態，是行將做出修為突破前的先兆，剛才又給武延秀那蠢兒激出一肚火，有不宣洩不快的感覺。或許因此而靈思泉湧，且有個感覺，是說出來時全身寒毛豎起，若如告訴自己，我猜中了。真古怪！」

龍鷹知他追憶柔夫人，默聽不語，免打斷他思路。

事關重大，涉及生死成敗，不容有失。

符太道：「首先，從你所形容的九野望，才智過人，故此其擬定的行動勢完美無瑕，但這正是有路子可尋，完美本身正是破綻。」

龍鷹動容道：「高見！」

符太道：「最完美的刺殺，是在被刺殺對象完全放下戒心，處於無防備的狀態下，而一切不利刺殺的條件，均不存在。對吧！」

龍鷹拍腿道：「答案已是呼之欲出。你奶奶的！果然有點鬼門道。」

符太道：「愈接近西京，防守愈嚴厲，老宗大條道理調動本部人馬，於入城水道設置嚴密的關防，對入京船隻逐一檢查，不理你甚麼王族，絕無寬免，那時肯定入京的船在城關的水道大排長龍，並被命令泊往一旁，以免影響離京的水上交通。如此，刺殺的最佳時機，將告出現。」

龍鷹點頭認同。

屆時，只要九野望和拔沙缽雄的假「兩大老妖」，混入掩護他們的自己人裡，可輕易接近李龍基的座駕舟，發動刺殺。

李隆基等則因以為身處安全區，鬆懈下來，壓根兒沒想過在這樣的情況下，陰溝裡翻船。

老宗既認為九野望和拔沙缽雄聯手可吃定「醜神醫」，由此推之，兩人猝然發動，全力以赴，得手的可能性幾是十拿九穩。

符太頽然道：「現在算知己知彼哩！有用嗎？」

龍鷹滿足的歎道：「不單有用，且是絕處逢生，終給老子瞧到技術在哪裡！他奶奶的！」

八公主府。內堂。

安樂失聲道：「只籌得一百六十兩？」

武延秀聞風而至，因怕「范輕舟」違諾爆出他向香霸討債的事，以小人之心，度龍鷹的君子之腹。

看他滿臉陰霾的模樣，知他尚未從符太的直斥其非回復過來，卻沒發現他有絲毫有愧於心的神情。

龍鷹從懷裡掏出認捐冊，道：「仍是空白的，因大相等個個口頭答應了，尚未簽署，請公主使人找他們補簽。」

安樂瞪大美目瞧他，顯然不明白為何不是由「范輕舟」去做。

武延秀不敢作聲。

龍鷹微笑道：「公主請信任你的范大哥，要完成今次龐大的籌募行動，絕非京師一地負擔得來，而必須往全國募捐，故此要分頭行事，小弟負責京師以外，西京則須另覓人選，如此方有成事的可能。」

武延秀鬆了一口氣，知「范輕舟」不會出賣他，忙來個投桃報李，幫腔道：「范當家的地盤在南方，揚州更是天下最富庶的地區，有范當家返大江為公主盡力，佳績可期。」

安樂終現笑容，道：「勞煩大哥呵！」

武延秀問道：「范當家何時離京？」

龍鷹答道：「未定！該是這兩天。」

說罷告辭。

安樂和武延秀殷勤送他出府，武延秀則陪他多走幾步。

武延秀歎道：「請為我向太醫大人說兩句好話，延秀實有難言的苦衷。」

龍鷹違心安慰他道：「太醫氣過了，便沒事。」

敷衍多兩句，要撇掉他時，又給武延秀扯著。

武延秀壓低聲音道：「見過榮士嗎？」

龍鷹道：「待會找他。」

武延秀道：「請范當家告訴他，看在范當家的面子上，我暫時不和他計較，不過，欠債還錢，天公地道。」

龍鷹皺眉道：「算是對他的警告？」

武延秀雙目凶光再現，沉聲道：「須看他哩！」

香霸聽罷，沉吟片刻，道：「這小子爛透了，再不知廉恥為何物。」

龍鷹心忖，比起你香霸的人口販賣，武延秀是小巫見大巫。不過，人總是這樣子，別人的小失可成大過，律人嚴，待己鬆，絕對是不同的兩把尺。像香霸，繼承下來的賭色生意，已和他的生命融合無間，如呼吸般自然，還自視為人口販子裡的善長仁翁，與眾不同。

對此龍鷹有何好說的，順著他的語氣道：「武延秀的意圖，就是宗楚客的策略，對任何與武三思有密切關係的，一律趕盡殺絕，何況榮老闆身家這麼豐厚。」

稍頓，續道：「現今西京城內，有誰可一手拿出五千五百兩來？」

香霸啞然笑道：「老弟這般說，老哥豈非弄巧反拙？」

龍鷹道：「武延秀該因此事找過宗楚客說話，且是離開興慶宮後立即去，想找宗楚客為他出頭。只是宗楚客見事情牽涉到王庭經，囑他忍下這口氣，怕『小不忍，亂大謀』。否則以武延秀的貪婪，豈有這個耐性？」

香霸沉吟道：「我也是這個想法。如此看，武延秀該為『大婚之計』的參與者，清楚李顯死期已定，而老弟和王庭經的命，亦屈指可數。」

龍鷹歎一口氣。

憶起自己陪武延秀到秦淮樓，欲借酒消愁的那個晚夜，比對起武延秀現在的變化，人心險惡，莫過於此。

香霸道：「老弟有何反制之法？」

龍鷹淡然自若的道：「這兩天我將離京南下。」

香霸愕然道：「小可汗曉得嗎？」

龍鷹道：「代小弟知會他一聲。」

接著微笑道：「老哥怎麼看時局？」

香霸道：「眼前局勢，實為老弟一手營造出來，達至大概的平衡，一時誰都奈何不了誰。當然，暗湧處處，宗楚客沒閒下來，殺王庭經不遂於他們是重挫，打亂其部署。現在再給方閣皇和康公子來鬧個天翻地覆，針對的竟為田上淵，令人更難掌握事情朝哪個方向發展。老弟又有何高見？」

龍鷹沉聲道：「勢力的平衡，純為表象，事實上韋、宗仍佔盡上風，關鍵在乎北幫在大河一幫獨大的絕對優勢。當西京和洛陽同時被置於宗楚客的控制裡，北幫在官府撐腰下，誰都難與之匹敵。」

香霸動容道：「有道理！小可汗便指出，宗楚客之所以能在李重俊的叛亂裡近乎全勝，正因動用了田上淵手上的力量，比之調動兵馬靈活百倍。且北幫非是一般幫會，主要幫眾為來自塞外能征慣戰的鹽梟，又或突騎施的高手和戰士，人強馬壯，擅打硬仗。一天此形勢不改，我們都是被壓住來揍。」

李重俊之變，若非有大江聯從中搞鬼，令宗楚客和田上淵的三個目標只能完成其中之一，西京早失陷在他們手上。

龍鷹道：「所以今趟小弟藉籌款之名返南方去，實為『明修棧道』之計，當我回來時，北幫再非獨霸北方的頭號大幫，黃河幫將捲土重來，與田上淵成分庭抗禮之勢。宗楚客和田上淵的好日子，將一去不返。」

香霸現出震動的神色，有點難以相信的道：「老弟既是回去籌款，自該在年底的大婚前趕回來，換言之，老弟得四個月許的時間，時間如此倉卒，辦得到嗎？」

龍鷹暗歎一口氣。

由於台勒虛雲佈局巧妙絕倫，目下所有努力，多少是為他人作嫁衣裳。例如托起黃河幫，等於讓大江聯完成移植北方的大業；打擊宗楚客的強勢，等於令楊清仁在朝爭裡的地位益形重要，以楊清仁的才具，自己又不得不通過郭元振拱托楊清仁欠缺的軍威，在在均是養虎為患之舉。尤可慮者，是台勒虛雲瞧出相王李旦在未來皇座爭奪戰決定性的作用，透過霜蕎和都瑾，打進相王府內去。都瑾的作用，就像柳宛真之於陶顯揚，想想陶顯揚現時的狀況，便知李旦將來是怎麼樣的情狀。

可是，龍鷹竟然別無選擇，明知是局，如何不情願，仍要陷身其中，不如此，所有人都沒命，包括李隆基。以韋后、宗楚客的狠毒，時機一至，勢把在明、在暗所有反對勢力全部連根拔起，誅殺殆盡。

此正為女帝成功的主要因素。

他現在努力的方向，就是務要使韋宗集團成功毒殺李顯後，無力立即進行清除異己的行動，關鍵正是田上淵不受禁制的江湖力量。

如香霸剛說的，北幫非是普通幫會，而是以鹽梟和塞外流亡戰士組成的龐大軍團，力足以顛覆皇朝。

龍鷹微笑道：「這就要走著瞧哩！」

又道：「這兩天，我不便再到因如賭坊來，離京的原因，請代我知會小可汗。若有特別的事，可請河間王來和我說，明天我入宮見李顯，解釋離京的事。」

香霸有點按捺不住的道：「老弟真的要為安樂籌足一萬五千兩黃金？」

龍鷹道：「事在必行，此亦為宗楚客拿我沒法之計，他想害我，我便在這方面任他魚肉，可是，他卻須為此付出沉重的代價，至乎因而連命也賠出來。」

說畢，告辭離開。

離開因如賭坊的一刻，龍鷹有好一陣子的猶豫，拿不定主意到哪裡去。

離京前，他須向各方面妥善交代，首先是李顯，他不但要讓李顯的龍首點頭，同意他的忽然遠行，還要讓他清楚，今次是為他而奔走。且須激勵他所餘無幾的鬥志，為皇弟李旦造勢，以抗衡韋宗集團日益壯大的威勢和實力。

能做多少，做多少，怎都好過沒為此盡力。

他也要向宗楚客交代，縱然不願縱虎歸山，這個取武三思之位代之，新一代的大奸臣，卻苦無阻止的藉口。

龍鷹不曉得田上淵傷得有多重，對他「明暗合一」功行圓滿後的復元能力無從估計。不過，今次重創他的乃法明的「不碎金剛」，以及席遙的「黃天大法」，兩者均臻「至陽無極」之境。特別是法明，其功法別走蹊徑，被他傷者可在一年後復發身亡，思及此，便知老田不可能在短短幾天內復元。如此，田上淵絕無法率人追殺他和符太，敢來是正中他們下懷。

想想當老宗曉得自己和醜神醫一道離開，心內因之而起的焦躁不安，龍鷹大感快意。雖說爾虞我詐，但宗奸賊的負情背義，令人深惡痛絕。

都是明天的事了。

際此二更時分，北里華燈處處，燈火燭天，亮如白晝，人頭湧湧，熱鬧繁華。龍鷹體會到符太為何有種與眼前景況格格不入之感，因此刻的他有相同的滋味。

現在該到哪裡去？他有兩個選擇，分別為兩位美人兒，乃必須在離京前見面交代，就是獨孤家美女獨孤倩然，和風流女冠閔玄清。前者不用說，須倚仗她向安樂推薦李隆基，好繼承他的籌款大業。

後者則至少須他來個道別，否則女人恨你時，老天爺都測不準後果。

他本想一晚內完成，細思又覺不妥，閔玄清現在和他關係變得微妙，這般三更半夜的密會，若天女忽然舊情復熾，休想在天明前脫身；而見獨孤倩然，則只得今夜，明晚自己是否尚在西京，須看高大對船隻的安排，尚為未知。

見閔天女可安排在白天，見獨孤倩然則須秘密進行。

想到這裡，心中一熱，朝躍馬橋的方向展開身法，愈走愈快的去了。

第十章　上得山多

龍鷹穿窗進入獨孤倩然的閨房，朝繡榻移去。

上一刻還聽到她細長、熟睡的呼吸聲，下一刻美女已驚醒過來，不愧獨孤閥的第一高手。不由充滿自豪的感覺，能自由進出她最私人的天地，不受怪責，實為男性莫大的榮耀。

在西京，也不知多少男子覬覦她獨特的美麗，但只限於在腦袋內想想，沒人可像他般付諸行動，愛來便來。

抵紗帳前，帳內美女擁被坐起來。

龍鷹本火熱的心，登時冷了半截，因理該出現的玲瓏曲線、無限春光，已被一張繡被完全覆蓋。

午間才下過一場大雨，淋得他和无瑕渾身濕透，雨過天青，可是雲又在黃昏時攏聚，遮去月色星光。於此暗夜飛簷走壁的夜訪高門美女的香閨，特別有偷情的灼人刺激。

「鷹爺！」

龍鷹揭開紗帳的剎那，仿如午夜夢迴，呼喚情郎，微僅可聞夢囈般的聲音，吐自美人兒的香唇，如靜夜裡寂靜的涓滴，勾勒出兩人間難以言傳的動人關係，專注、堅定、無怨無悔。

龍鷹從沒想過，輕輕、短促的一個呼喚，可傳達這般深刻的情緒，若如遠古法力無邊的美麗祝巫，迂迴曲折的神秘咒語。

揭開紗帳，如揭開覆蓋著她的面紗，再沒有阻隔。

一帳幽香撲鼻而來。

獨孤倩然只露出頭部，烏黑的秀髮如雲似水的垂下來，散落覆蓋至頸的被面上，一雙眸神在暗夜裡閃爍著攝人的輝光，深邃平靜。

正要坐在榻緣，好方便和她說話。

「進來！」

龍鷹失聲道：「甚麼？」

繡被掉下，現出美女曲線曼妙至無以復加的上半身，單薄的褻衣，在他的魔目下全無蔽體的效用，冰肌玉骨，即使修苦禪的高僧亦肯定失守，何況一路走過來，心存綺念的魔門邪帝。

龍鷹雙目放光，卻是無法動彈，時間似在此刻忽然煞止。

獨孤倩然若無其事的探出赤裸的玉手，劈胸抓著他襟口，運勁猛扯。

龍鷹身不由主的投進帳內溫暖香潔的小天地裡，下一刻驚覺連人帶靴，將如一團火焰般的大美人壓在下面。

他回復了活力，尋訪香唇，忘情痛吻。

獨孤倩然用盡氣力回應他，纖手纏上他肩頸，沒半點保留，嬌軀不住顫抖扭動，將一直壓抑的春情盡情釋放。

過去幾天的奔波勞碌，全拋往九天雲外。

一切禁戒、顧忌，不再存在。

便如進入「大汗寶墓」，珍物處處，唯一有意義的事，是竭力尋寶，他貪婪地搜索，無止無盡。

驀地，龍鷹雙手停下來，離開美人兒的香唇，還用手掩著她的口。

獨孤倩然勉力睜開少許眼簾，不解地看他。

龍鷹滾到她香軀後，順手以被子蓋過他們兩人，湊到她耳旁道：「有不速之客！」

獨孤倩然稍往後移，讓他溫香軟玉抱滿懷，呼吸回復平常，傳音道：「誰？」

龍鷹滿足的道：「是我的老朋友參師禪。小弟對他特別有感應，現時他正在東北另一座樓房，窺看這邊的形勢。他該是首次來，卻有貴府地形圖一類東西為指引，否則怎曉得倩然宿處。」

獨孤倩然顯然清楚參師禪是何方神聖，冷哼道：「這淫賊來找死嗎？」

龍鷹輕鬆的道：「日防夜防，淫賊難防，外面的淫賊是來找死，裡面那個淫賊卻是要幹活。」

說時一手探前，放肆起來，漫無節制。

美人兒剛才任他為所欲為，比起上來，現在的摸兩把，小兒科之極，她竟消受不起，用力抓緊他的手，大嗔道：「死淫賊！」

龍鷹分心二用，一邊調戲她，另一邊密切注意參師禪的動靜。這傢伙肯定有秘密情報，曉得獨孤倩然閨房於此，否則要在獨孤府般的大宅尋找一個人，如大海撈針。

參師禪肯定惡貫滿盈，老天爺將他送上門來，由他替天行道。

「江山易改，本性難移」。

參師禪乃塞外最惡名昭著的採花淫賊，不知多少無辜女子敗壞在他手上。來京後，為混入太子府，他不得不規行矩步，肯定抑壓克制得非常辛苦，李重俊兵變失敗後，全城戒嚴，以龍鷹之能，偷入城後亦舉步維艱，參師禪的情況未必比他好。且田上淵清楚他的為人，必不讓他胡作非為，致誤了大事。

不久前，他在田上淵的「覆舟行動」遭龍鷹重創，現在剛復元即動淫念，可知採花已成積重難返的習性，是癖好，如若中毒。

他看中獨孤倩然，在以前已有跡可尋，當年他挑中的，正是身份尊貴的天之驕女、狄仁傑的千金狄藕仙，雖是取難不取易，但如若成功，對此淫賊將是無與倫比的成就，因採的是最矜貴的鮮花。朝此方向瞧，曾貴為未來太子妃、本身又是關中高門大族領袖和首席美女的獨孤倩然，實為參師禪採花的不二之選。然任參師禪如何馳想，絕沒想過，冰清玉潔的獨孤美人兒，被窩裡竟藏著另一可令她心甘情願的「淫賊」。

今回還不是「上得山多終遇虎」。

龍鷹不敢掉以輕心。

參師禪自有其一套採花的本領、手段，特別當對象是獨孤倩然般的身份、地位、家勢。觀之他能出現在美人兒的香閨外，便知做足事前的調查工夫，因而不可能不知道，獨孤倩然乃宇文朔那個級數的高手，稍有錯失，將吃不完兜著走。

故此，參師禪是有備而來，至於他有何法寶，龍鷹拭目以待。

無論如何，龍鷹絕不容他活著見到早上昇起來的太陽。

「鷹爺呵！」

龍鷹收回魔手，非是因美女的央求。坦白說，她愈央求，愈激起他的魔性。

參師禪動了。

他從高樓落到地上，不帶起半點破風之聲，如黑夜裡出沒的惡靈厲鬼，著地後不猶豫的移近過來，只是這副潛藏的身手，足令他成為人人聞之色變的採花賊，也是其因之能奪帥的本事。只恨龍鷹是他命裡的剋星。

二人嚴陣以待。

獨孤倩然發出好夢正酣，高手獨有均勻、細長的呼吸聲。

龍鷹停止了一切令人可覺察生命跡象的活動，呼吸外還包括心跳、體溫、氣味。由於距離大幅拉近，參師禪進入了獨孤倩然可感應的範圍。

好一陣子後，參師禪出手了。

一顆拇指頭大小的丸子，穿窗平飛而來，輕飄飄的，似不含重量，直接投往垂下的紗帳。

龍鷹靈鼻一嗅，立即心中喚娘，因嗅出是符太所說的「離合散」。

昔日在飛馬牧場，楊清仁向商月令求愛不遂，惡向膽邊生，曾想過以此散為主要成份製成的迷香對付商月令，可知此散不懼你武功有多高，仍可生出邪效。

更厲害的，是不怕目標閉氣，散毒仍可從皮膚入侵，產生魂魄和肉體分離的可怕作用。剛才早來一步的換了不是自己，是這採花賊，即使獨孤倩然及時驚覺，但由於不知道面對的是甚麼，著他道兒並不稀奇。

「噗」的一聲輕響，「離合散」觸帳爆開。

龍鷹的心神貫注丸子上，憑波動先一步掌握毒丸內蘊的巧勁，知爆開後迷煙將化為一陣風侵入帳內的空間，結合參師禪的勁氣，可透被而入，被子、衣服均沒法起阻擋的效用，確少點功夫也不行。

就在煙霧散開前的剎那，龍鷹在被內豎起右掌，作抓狀。

龍鷹的魔功把隨勁射至的迷煙，如寶葫收妖的盡吸掌內。

因著角度的關係，又有被子阻隔視線，加上隔著一重紗帳，縱然參師禪察覺被子有移動，還以為美人兒在被內輾轉反側，不以為異。

兩人等於隔著被子過了一招。

龍鷹傳音道：「給他一記狠的。」

言罷滑出被子，從榻子另一邊落地，目標是那邊的窗戶。

「螳螂捕蟬，黃雀在後」。

上趟藉小魔女主婢佈局，差些兒便幹掉參師禪，功虧一簣的原因，是讓他逃往四通八達的野外。

今次，龍鷹不會讓他走遠。

參師禪待了好一陣子，穿窗入房。

在他進去時，龍鷹從隔著榻子另一邊的窗戶離開，貼著窗臺，像一片紙貼在壁上滑下去，著地時，將手內吸納和規限的「離合散」毒素送入泥土裡去。

之所以難解，是因即使以他的魔功，仍沒法分化或消融毒素，必須原汁原味的送走。不問可知，此丸來自田上淵，或至少主要元素來自他，也間接解釋了兩人互惠互利的關係，田上淵並不介意老參為禍中土，就像他不在意練元大開殺戒。

下一刻，龍鷹繞屋而走，來到參師禪入屋那扇槅窗下方，靠外壁坐在地上。

此時，參師禪小心翼翼的移至獨孤倩然繡榻旁，伸手揭帳。

讚歎聲在房內響起，參師禪喃喃說了一句話。

他說的是突騎施本族語言，龍鷹聽不明白，大概在讚獨孤倩然美豔動人，又或物有所值，不枉他用掉珍貴的「離合丸」。

老參說甚麼並不打緊，明顯是他墜進死亡陷阱，誤以為獨孤美人兒被他所乘，中了邪毒。

「色字頭上一把刀」，至精明的男人，為美色所惑，可喪失理智。參師禪此採花老手之所以沒發覺異樣處，皆因眼所見的，正反映著美人兒中毒後的徵象。

配合「離合散」製成的迷煙彈丸，肯定含有強烈的催情藥，激發被採對象的春情。本來即使要獨孤美人裝出情動的模樣，大羅金仙仍無法可施，她根本不是這種女人，也沒這方面的經驗。換過是安樂，當然優而為之。

偏偏，美人兒剛和龍鷹親熱纏綿，兩人平時有多壓抑、克制，現在便有多放任、放肆。龍鷹魔性大發下，當然對她沒半絲客氣，美人兒的「野丫頭」也被釋放出來，因而直到此刻，美人兒勃發的春情尚未退潮。

落在採花老手參師禪眼內，還以為淫計得售。

龍鷹心內湧起古怪的情緒，大添殺意。就像只屬於他和美人兒的小天地，被外來人粗暴入侵，看到本該是自己獨家專享的景象。

「砰！」

勁氣交擊聲，悶雷般在房內傳來。龍鷹不用拿眼去看，已知美人兒蓄勢以待下含恨出手，而想不到參師禪仍能及時反應，勉強舉雙掌疾封，倉卒應變下，雖免去立斃當場之禍，卻有得他好受。

參師禪慘嘶痛哼，踉蹌跌退，受創頗重。然而在這樣的劣境裡，突襲的又是高門第一美女高手，他仍受得起、捱得住，可見他功底何等深厚，如何強頑。

殺他真不容易，龍鷹屢試屢失，幸好老天爺終予他眼前難逢之機。

獨孤倩然亦給他強大的反震力，逼得在被子內往榻子另一邊挫開去，一時沒法做出另一攻擊。

龍鷹亦懷疑以她情性，肯否離開被窩追擊，讓採花淫賊盡覽她薄衣下的動人春色。

參師禪後仰，雙腳一蹬，面向上的穿窗而來。

龍鷹手按地面借力，右腳朝上疾踢。

環境乃龍鷹最厲害的利器，可以弱克強，憑寡勝眾。

不論何人，要從窗戶開溜，必留神窗外是否有伏兵。

像刻下參師禪以仰臥的姿態，藉窗遁逃，正是最佳察敵之法，上方和左右，全在他視野之內，擁有最寬闊的視角。若俯身平飛，視線將被局限地面。基於此一猜測，龍鷹藏身窗外下的位置，皆因預估到對方以何種方式逃之夭夭。

此腳拿捏的時間精準無倫，就如參師禪的後腦枕送上來給他踢。

若踢個正著，老參難避腦骨爆裂、立斃當場的厄運。豈知他剛起腳，立感應到來自參師禪的精神波動，知他生出高手對危險的本能反應，心叫糟糕時，參師禪竟能在如此本該難做任何應變的情況下，弓彎身體，變成水內游蝦的姿態，也是在此等劣無可劣的形勢裡，沒辦法應付的唯一辦法。

「蓬！」

龍鷹踢中的再非他後腦的枕骨，而是弓縮身體往右扭轉少許的右肩膀，且是龍鷹顛峰魔勁開始回落的剎那。

龍鷹等於用錯力道，老參則是臨急功聚右臂硬捱他一腳。

臂骨折裂，參師禪給廢了右手，卻成功將龍鷹全力一擊截個正著，如若鬪手臂為戰場，血拚一招。

保住小命的參師禪借力往上升去，到與瓦簷平行，來個翻騰，落在瓦坡處。

從龍鷹位置看上去，參師禪消失了。

最關鍵的時刻出現。

在正常情況下，參師禪犧牲一條臂膀，卻可以反震力壓得龍鷹錯過緊鍥不捨的接續追擊，絕對是均等的回報。

折裂的臂膀，終有一天可復元，而他因之搶得一線先機，更重要的是主動權，便可瓦頂過瓦頂的落荒而逃。只要能逃離獨孤大宅，到了巡衛處處的街上弄點聲息，引起城衛的警覺，可趁亂開溜，又或主動給逮著，最後還不是給交到宗楚客手上，等同避過死劫，執回小命。

可惜他的對手是魔門邪帝，料敵如神，論應變，高他不止一籌。

兼且參師禪並不曉得其真正優勢，府內、府外沒有分別。只要他敢大喝一聲，驚醒宅內其他人，懂點武功的均空巢而出，而在他們眼裡，龍鷹像參師禪般，同為犯府的入侵者，比之參師禪，龍鷹更有顧忌，動輒給宅內獨孤閥的高手纏得沒法脫身，眼睜睜瞧著參師禪脫身而去。

當然，參師禪絕不這麼做，因還以為偷襲他的乃獨孤閥出類拔萃的人物，故默默開溜。

龍鷹發動。

第十一章　惡貫滿盈

成敗繫乎龍鷹按地的一雙手，乃連消帶打的妙著，既化掉對手往下壓來的反挫之力，亦使他生出新力，連環追擊。

龍鷹筆直彈起，於超越屋簷的剎那，一個大空翻，參師禪的背影映入眼簾。

參師禪登上屋脊，聽到破風聲，不回頭看半眼的，就那麼抖動左手，擲出「奪命飛輪」。

就此即可看出，縱然頂尖級高手如參師禪者，與身具魔種的邪帝龍鷹，在靈應度上有著不可逾越的差距。

飛輪旋轉著，依瓦坡的傾斜度，劃出虛空無形的曲線，從上而下往龍鷹彎割而來，不論角度、準繩，均沒瑕疵，可是在時間拿捏上，卻缺少了龍鷹的知敵能耐。

如擲輪的時間可快上一線，龍鷹等若送上去捱輪，擋得著也延誤先機，甚或沒法搶上簷頭，此刻卻是應付裕如。

若然今趟是首次與參師禪交手，龍鷹亦佔不到便宜。

回想當年，首次接參師禪的飛輪，擋得多麼驚險辛苦，手還痠麻好一陣子。現在已接他的飛輪不知多少次了，對飛輪的來勢、去路瞭如指掌。

非如此，不論拍掉或閃躲，既被阻延，若讓飛輪掉落瓦脊或地面，發出的撞擊聲，與參師禪的大喝毫無分別。

龍鷹足踏簷緣，俯前，右手疾探，接飛輪一個正著，順勢收輪到胸前去，化掉飛輪蘊含的勁道。

此採花淫賊確死而不僵，飛輪的力道，只比過去卯足力時減去三成許，從而推之，廢去一臂後，參師禪仍有一戰之力。

參師禪衝下另一邊的瓦坡。

龍鷹左足跨前，尋得借力點。

彈射！

倏忽間，龍鷹彈上離屋脊近二丈的夜空，參師禪則雙腳發力，往後院牆的方向投去，觀其落點位置，只要再來個騰躍，可踏足牆頭。如參師禪般的慣匪，事前必對作案的目標宅院做過詳細調查，遇事時，可選取最易撇掉追兵的逃走路線。故一旦讓他成功逃離獨孤大宅，縱然沒有城衛的因素，追他仍不容易。

成敗還看此刻。

龍鷹凌空換氣，改變方向，借點風力張開外袍，半滑翔的朝參師禪未來的牆頭落點飛去。

表面乍看，參師禪似一點不受傷勢影響，迅捷如神，卻瞞不過龍鷹的法眼，察覺他身體顯現出不自然的扭曲，該止忍受著內創外傷的煎熬，陷於極大的苦楚裡。

這個曾名震一時的惡賊淫棍，已是強弩之末，全賴強大的求生意志支撐他遠遁往安全處所，耳目之靈銳，大遜平時。

龍鷹此際離參師禪約三丈的距離，離外院牆逾五丈，魔感全神貫注，鎖緊參師禪，任何波動，絕瞞不過他的靈覺。對手在擲出飛輪後，內傷發作，失去了斂藏波動的能耐，如圖展卷，給龍鷹一覽無遺。

就在此生死成敗懸乎一髮的吃緊時刻，參師禪的身體現出一陣突如其來的強烈波動，是氣勁的催發和凝聚，立即賦予他新的動力。

氣勁從兩腿，聚集往兩腳腳尖，同時身體朝前俯傾。

以龍鷹現時的佔盡上風，仍要大吃一驚，曉得參師禪不但尚有一遁之力，且能際此關鍵時刻，憑特殊功法玩出漂亮的一手，以擺脫自己。

在一切已成定局下，任何變化均可打破龍鷹本必殺的想法，至乎改變最後的結果。

龍鷹再沒法因應之而改變從三丈的高空，朝外院牆斜翔而去的勢子。

當參師禪著地，聚集腳尖爆炸性的真氣，配合其大幅前傾的角度，將令他突然加速，斜沖而起，幾是貼著牆頭射往宅外遠處。

某一程度上，等於龍鷹的彈射，只是動力和跨越的距離大打折扣，不過，能有龍鷹彈射三成的距離，足令他的落點在院牆外八丈的遠處，甩掉龍鷹。

參師禪顯然如龍鷹般，清楚獨孤大宅的外院牆乃他生和死的界線，故留有一手，到最決定性的一刻方使出來保命逃生。

抵宅外後，他將大聲呼救，引來附近巡邏的警衛，於此「兩大老妖」現妖蹤、風聲鶴唳之時，獨孤大宅又位處權貴聚居之地，不惹得城衛四方八面蜂擁而至才是怪事。

參師禪鼓其餘勇，越牆幾步便可脫險。

眼看功虧一簣，偏無法改變，只能乾瞪眼瞧著參師禪微曲兩腿，腳尖往尚餘五尺的地面點下去。

異變倏至。

兩道影子從左旁花叢裡箭矢般竄出來，朝參師禪撲去。

竟然是守宅的巨犬，被兩人追逐的異響驚動，到來盡忠職守，受過訓練下，不吠半聲的飛撲襲敵。

參師禪全身劇震，精神的波動亂作一團，給駭得魂飛魄散。

龍鷹要到兩犬進入此後院區的範圍，方能察覺；參師禪比他不濟多了，到兩犬臨身，方知厄運驟臨，如給噬著，以他目前情況，勢被巨犬分屍。

也算參師禪了得，急裡生智，將勁氣從腳尖回收到仍活動自如的左臂，一掌拍出，改變墜勢，勁氣撞地的反震力，帶得他險險避過犬噬，再朝前騰升，投往牆頭去。

龍鷹心呼謝天謝地，擲出手上飛輪。

龍鷹返回美人兒香閨，離天明不到半個時辰，她正盼他回來。

本衣不掩體的無限春光，被棉外袍包裹個密不透風，不過，此刻縱然獨孤美人兒穿上盔甲，亦無助於對抗魔門邪帝的入侵。

只是剛處理參師禪的屍身，龍鷹感到不該碰美人兒半個指頭，亦失去先前香豔旖旎的情緒和氛圍。

兩人立在窗旁，面向參師禪逃往後院牆的方向。

從這位置，視線被宅牆、林木阻隔，不能直接看到後院牆。

獨孤倩然道：「稟報鷹爺，小兵完成所有善後工作，清洗了血跡。」

龍鷹讚道：「倩然手腳俐落，省去小弟的工夫。」

又順口問道：「倩然殺過人嗎？」

獨孤倩然淡淡道：「間接殺過一個，就是臭名遠播的參師禪，還是剛發生。」

又有感而發的道：「我們世家子弟，談兵論武，個個說得天花亂墜，卻是人人欠缺實戰經驗，特別是沙場的磨練。看！在那樣的情況下，參師禪一傷再傷，仍能險些兒溜掉，若非鷹爺在，肯定沒人能奈他的何。令倩然明白到，為何對上塞外戰士，我大唐軍不堪一擊。」

龍鷹道：「現今不是這樣哩！」

又問道：「有驚動其他人嗎？」

獨孤倩然道：「有人來看究竟，我告訴他們是大幫和大助在追耗子。」

大幫、大助，該是兩犬的名字。

龍鷹點頭道：「多虧有牠們幫手。」

接著細審她玉容，微笑道：「雖然好事多磨，幸而『失之東隅，收之桑榆』，終為李多祚大將軍報得奪首之恨。」

「好事多磨」一句話，語帶暗示，指的是未能和獨孤倩然合體交歡。原因是回來後，獨孤倩然一副若無其事的神態，似是完全失掉和他曾纏綿親熱的記憶，沒絲毫羞態。故忍不住出言試探，瞧她會否臉紅。

美人兒現出緬懷追憶的神色，微一頷首，表示同意，但絕非因「好事多磨」，而是惋惜李多祚遭難，從她明眸內的憂思可看出來。

她輕柔的道：「坐一會兒才走，好嗎？鷹爺應是有事來找倩然吧！」

龍鷹拿她沒法，若逼她表態，就是不近人情，此時連他也因美女的神態，懷疑早前是不是一場春夢。隨她到慣坐的另一邊窗旁几椅坐下說話。

在黎明前的暗黑裡，龍鷹不得不長話短說，免誤了趁天明前離去的時機。如被發現徹夜不歸，晨早方返興慶宮，將成惹人懷疑的漏洞。

西京城內，有資格殺參師禪的高手，數不出多少個來。

道：「小弟是來向倩然姑娘道別。」

他們似又變回親熱前的那種關係，感覺非常古怪，卻別有情趣。

獨孤倩然訝道：「西京怎可以沒有你？」

龍鷹很想問她，你沒了我又成不成？亦知時間無多，不容廢話，扼要解釋了離去的理由。最後道：「我會在安樂大婚前趕回來，那時北幫無復獨霸一方的局面，黃河幫將捲土重來，與北幫對壘爭鋒。」

龍鷹回到花落小築，東方現出第一線曙光。

由昨夜發生的事惹起的情緒，好夢未圓的少許遺憾，糅集得殲淫魔、為世除害的滿足，交織成難以形容的後續感覺，令他沒絲毫睡意，索性到澡堂來個冷水浴，換上小敏兒為他準備好的新衣，感覺亦因而煥然一新，然後到隔壁找符太。

路上撞著過來的符太，還有宇文朔。

龍鷹大訝，道：「這麼早！」

符太道：「是否你幹的？」

龍鷹道：「是否指老參的橫屍街頭？」

符太向宇文朔道：「老子沒猜錯吧！只有這個傢伙，方有能耐反奪參師禪的項上人頭。」

龍鷹往宇文朔瞧去。

宇文朔道：「今早臨天明前，有路過平民發現有人身首異處，伏屍躍馬橋東面皇城西南的延壽坊，胸口置有老參的凶器『奪命飛輪』，同時驚動城衛和羽林軍，『紙包不住火』下，消息迅速傳播。」

符太豎起拇指讚道：「大混蛋了得，棄屍的位置非常考究，老宗想蓋也蓋不住。」

宇文朔道：「事件交由京兆府處理，亦即是讓甘元柬善後，今天須完成報告遞上韋溫，韋溫再交予宗楚客，由他親向皇上和娘娘報上此事。這個報告並不易寫，關鍵在如何解釋飛輪的來由。只是參師禪曾為李重俊食客的身份，已啟人疑竇。」

符太道：「李顯知個屁。」

轉向宇文朔道：「我們的御前劍士應有提醒昏君的責任。」

龍鷹皺眉思索。

符太提議道：「小敏兒該備好早點，我們邊吃邊談。」

符太道：「此事匪夷所思，你怎辦到的？」

龍鷹道：「是老天爺在收他，撞正我去和倩然姑娘談李隆基的事，他摸上門來，我著倩然姑娘上床裝睡，我則躲在榻子另一邊，耐心伺候。」

宇文朔不解道：「參師禪這般沒分寸，不曉得世妹乃西京內他最不該去惹的女子？」

龍鷹道：「皆因他自恃有『離合散』。」

符太動容道：「田上淵竟還存有『離合散』？我敢肯定數量多不到哪裡去。」

又問道：「你怎知是『離合散』？」

龍鷹答道：「嗅出來的！」

符太沒好氣道：「『離合散』厲害處在無色無味，怎嗅得出？」

龍鷹道：「那就是對『離合散』有感應吧！」

順道將殺參師禪的經過道出，只瞞著和美人兒親熱纏綿的部分。

宇文朔、符太齊聲歎絕。

前者道：「確『天網恢恢，疏而不漏』，此淫賊萬死不足以贖其罪。」

符太沉吟道：「老宗、老田會如何反應？」

宇文朔道：「先要看他們是否曉得參師禪去打世妹的主意。」

又道：「我們很快知悉。」

龍鷹道：「老田是否清楚，我不知道，但老宗肯定被瞞著，因倩然姑娘是安樂籌備大婚的人選，豈有搬石頭砸自己腳的道理。」

符太道：「這麼說，該連老田亦不曉得。大婚的事老田不可能不清楚，應是參師禪私下胡作妄為，趁『兩大老妖』鬧得妖影幢幢的當兒，乘亂犯事，罪責可推在『兩大老妖』身上，因獨孤倩然曾為準太子妃，要傷害唐室，莫過乎此。」

龍鷹拍腿道：「有道理！」

符太道：「若然如此，任老宗、老田他們想破腦袋，仍想不到為何參師禪忽然給幹掉。精采呵！精采！」

宇文朔道：「唉！今趟殃及池魚，皇上給兩大老妖駭得惶恐不安，累得本人須日夜伴君，本還想跟你們一起南下。」

龍鷹歎道：「怎想過老宗要此一招？不過他也間接害死參師禪，得不償失。」

符太道：「燕欽融肯定沒命，但往好的方向想，同時解決了對方會提早動手的難題。」

攤手道：「此事已不到我們管，且是我們力所難及。」

宇文朔問道：「你們何時走？」

龍鷹道：「愈快愈好，須看高大的安排。」

符太道：「安排好了，明早或明晚，看你的意思，用的是高大轄下的採購船，全為自己人。」

龍鷹難以置信的道：「全是自己人？」

符太道：「我是誇大了點，但主事的三個侍臣，確為自己人，為我們左瞞右瞞，舉手之勞也。高大著我們放心。」

龍鷹道：「那麼就後晚吧！可與李隆基的船碰頭，否則誰治好他的內創？」

宇文朔顯然得符太告知他們的全盤計劃，沉吟道：「如此要找個人扮你的『范輕舟』才成，但須冒上很大風險，若夜來深或武延秀來送船便麻煩了。」

龍鷹道：「這個險，不值得去冒，現在我們只能『死馬當活馬醫』，認定對方在城外船隻輪候入城的當兒施襲，以我水底潛行的速度，半盞熱茶工夫可及時趕去。」

宇文朔道：「只好如此！」

符太道：「你只剩下兩天時間，可幹些甚麼？」

龍鷹頭痛道：「可憐小弟昨夜未闔過眼。第一件事是入宮見李顯，稟上離京的因由。」

宇文朔苦笑道：「讓我陪你一道去吧！」

符太拍額道：「差些兒忘掉，楊清仁昨天黃昏來找過你，問他是甚麼事，卻不肯說。」

龍鷹起立道：「『兵來將擋，水來土掩』，見過皇上再說其他。」

第十二章　誅禪效應

見李顯實沒甚麼意思，卻是不得不見。驚聞「兩大老妖」出現城郊，李顯給駭得魂不附體，不論何事，壓根兒無心裝載，沒保留接受了宗楚客加強城防的要求，如有人告訴李顯，這等於封殺了燕欽融秘密入京的機會，他為自己的龍命著想，絕聽不入耳。

如此昏君，為他賣命的莫不是蠢材，燕欽融有眼無珠，效忠錯了對象。

對龍鷹返南方為安樂籌募大婚經費，他左耳入，右耳出，掌握不到事情本身的特殊性，對於委託「范輕舟」調查武三思被殺一事，他似忘掉了，隻字不提。

只是問龍鷹的「范輕舟」對「兩大老妖」有何看法，到龍鷹「越俎代庖」，再三保證任他們有通天徹地之能，仍難在這樣的情況下潛進城內，遑論宮城，李顯方鬆一口氣。

龍鷹本有一番話和他說，知機打住，趁機告退。

順道向上官婉兒辭行。

不知是否有了新方向，上官婉兒比他想像的堅強，問他道：「要對付田上淵嗎？」

龍鷹讚道：「大家精明！」

上官婉兒牽著他衣袖，到殿外遊廊無人處私語，問道：「城外出現的『兩大老妖』究竟怎麼一回事？」

雖然透露了部分秘密予大才女，不過必須守著李隆基此一底線，如告訴她「兩大老妖」是法明和席遙，很難編造另一個原因，縱編出來，冰雪聰明的大才女也不會相信。

龍鷹道：「我亦是今早醒來，方知此事。」

上官婉兒憂心忡忡的道：「會否是娘娘和大相故弄玄虛，另有目的？」

龍鷹透露一半，道：「我也是這麼想，聲東擊西，目標是燕欽融。」

上官婉兒歎道：「我們沒辦法，對吧？」

龍鷹苦笑道：「大家比小弟清楚，皇上已成驚弓之鳥，恐怕連燕欽融都忘掉。」

接著道：「勿再存僥倖之心，西京現時不到我們話事。當務之急，是營造形勢，在最壞情況出現前，我們掌握能與之對抗的實力。故此小弟不得不離京，當我回來時，北幫獨霸北方的局面將成明日黃花，否則皇上遭害的那天，便是我們敗亡之時。」

上官婉兒道：「昨夜躍馬橋附近，被飛輪割斷頭顱的人是誰？凶器仍放在他的屍首上，大有示威之意。」

龍鷹問道：「皇上如何反應？」

上官婉兒無奈的道：「皇上並不關心，宇文大統領向皇上報上此事，誰都不曉得他是否聽進耳內去，只命大統領加強大明宮的防守。」

又嗔道：「告訴人家呵！」

龍鷹道：「先告訴小弟，老宗對此有何表示？」

上官婉兒道：「早朝後，宗楚客和娘娘密斟了好一會兒，有可能是關於此事。說呵！」

龍鷹道：「昨夜被殺的傢伙，就是在廷變之夜，於兵荒馬亂裡奪李多祚首級的凶徒，導致李重俊一方的崩潰，來自塞外，人稱之為『奪帥』的參師禪。」

上官婉兒動容道：「我聽過他，你曾在給聖神皇帝的戰報提起他。」

龍鷹抓她香肩一下，拍拍她嫩滑的臉蛋道：「這是向老宗先討點利息，小弟須走哩！」

上官婉兒不依道：「你有很多事瞞著人家，不當婉兒是你的人。」

龍鷹道：「是說不了那麼多，唉！我還有很多事趕著今天辦。」

上官婉兒道：「你後晚才走，婉兒今夜到金花落陪你。」

龍鷹忍不住巡視她窈窕修長的胴體，仍是如此優美動人，苦笑道：「一切待小弟回來再說，今晚有否睡覺的機會，言之尚早。」

進大明宮後，一直沒遇上高力士，到離開麟德殿，給他在廣場截著，以馬車送他一程。

甫坐下，高力士頻道：「精采！精采！」

馬車開出。

龍鷹訝道：「你清楚發生甚麼事？」

高力士道：「朔爺剛告訴小子。娘娘忽然召小子去說話，當時小子糊裡糊塗的，不知就裡，還以為有何吃緊的事。」

稍頓，接下去道：「的確非常吃緊，到珠鏡殿，娘娘在面臨太液池的水榭單獨接見宗楚客，正嗟歎不知待至何時，娘娘竟喚小子進去，當著宗楚客問小子有關躍馬橋昨夜凶案，皇上方面的反應。」

龍鷹沉吟道：「這麼看，娘娘該清楚參師禪的事。高大如何答她？」

高力士道：「小子如實相告，皇上沒反應。」

龍鷹歎道：「答得好！」

高力士道：「范爺可曉得，參師禪的臉給人砍了兩刀嗎？」

龍鷹愕然，道：「好傢伙！」

雖然認為參師禪死不足惜，可是對如此一個曾叱咤塞外、縱橫一時的高手，死後遭此凌辱，仍感不忍。

高力士道：「目前左、右少尹，全是娘娘和宗楚客的人，愛幹甚麼便幹甚麼。」

又道：「宗楚客特別問起像大統領、朔爺等其他人對『飛輪』的反應。小子答他，人人對此不以為異，因沒人見過。」

接著解釋道：「『飛輪』最先落入左羽林軍大統領劉景仁之手，接著不知去向，此事看來將不了了之。」

劉景仁乃宗楚客愛將，清楚「飛輪」事關重大，懂「妥善處理」。

參師禪對西京政壇掀不起半個漣漪，可是對韋宗集團，等於龍鷹那趟在河套點燃數以百計的火炮般的震撼力。

像宗楚客、田上淵和九野望等自詡才智的人物，最能打擊他們的，就是想破腦袋仍想不通的事，且失掉能在千軍萬馬裡，奪敵帥首級似探囊取物的參師禪，乃不能彌補的損失。另一重要性可與參師禪看齊的人，且尤有過之，肯定是練元，沒了他，北幫的水上戰力勢被大幅削減。

問道：「依高大觀察，宗楚客對此事是否心裡有數？」

高力士道：「小子從未見過宗楚客這個神態，要小子勉強形容，是疑神疑鬼，失去方寸。」

龍鷹滿意的道：「太醫大人猜得對，老參到獨孤大宅犯案，是瞞著所有人秘密行事，也因而令宗楚客入手無門，沒法猜測其死因。他奶奶的！今次是無心插柳。」

高力士道：「老參是自尋死路，換過不是范爺，誰奈何得了他？」

龍鷹歎道：「即使是我，仍差些兒功虧一簣，機緣巧合處，超乎任何人想像之外。正因如此，老宗想破腦袋仍無從揣測。」

高力士道：「或許唯一解釋，是參師禪遇上『兩大老妖』。」

兩人交換個眼神，齊聲大笑。

馬車進入太極宮，一隊人馬迎面而至，帶頭的是楊清仁。

「范兄幹的嗎？」

龍鷹愕然道：「小弟還以為是你們幹的。」

再補一句，道：「難道死者竟真的是參師禪？」

他找自己，該為另外的事，因昨日到興慶宮找「范輕舟」時，參師禪仍是生蹦活跳的。

龍鷹下車，楊清仁下馬，並肩漫步太極宮，方便說話。在後者指示下，從衛沒有跟來。

楊清仁狠狠道：「若非那傢伙，何用照面門砍兩刀？像參師禪的體型，百中無一，如要人真認不出來，須斬開幾十塊才成。」

龍鷹聽得毛骨悚然，道：「河間王檢驗過死者？」

楊清仁道：「看過一眼，那時已落入劉景仁之手，該是這傢伙親自動刀，飛輪給他用布包起來。」

又歎道：「此事離奇至極，教人想不通，事實上若范兄告訴我是你幹的，我亦很難相信，怎可能辦得到？剛巧方閻皇、康公子那邊才在城外現身，這邊參師禪授首城內，令人很易把兩方面聯想在一起。然而，即使方、康兩人殺得參師禪落荒而逃，殆無疑問，可是，城內是參師禪的地頭，稍作聲可惹來遠近城衛，怎會無聲無息的給幹掉了。」

龍鷹陪他歎息，表示如他般百思不解。岔開問道：「河間王昨天為何事找小弟？」

河間王心不在焉的道：「相王想和你見個面。」

龍鷹心內打個突兀。

李重俊兵變失敗，相王李旦從「莽撞的勇者」，變回一貫的怯懦怕事。為何忽然又變得積極起來？

原因他是清楚的，只是有點不敢相信，台勒虛雲的部署起作用了。

美女可令人沉溺喪志，也可令人奮發有為，就看都瑾的「媚術」用在哪個方向。若然都瑾能令李旦脫胎換骨，異日還登上皇座，那情況等同韋后之於李顯，勢成對李旦最有影響力的女人。

龍鷹雖與都瑾緣慳一面，但從符太對她的描述，可知都瑾至少是柳宛真的級數，想想柳宛真的厲害，可推想未來的李旦，不會比現時的陶顯揚好上多少。

與台勒虛雲過招，總棋差一著。

楊清仁顯然仍沉浸在參師禪被殺的事件裡，道：「參師禪該是在別處遇害，然後給移屍到被發現處，還以『飛輪』壓胸，惟恐給錯認身份，含有示威的強烈意味。」

他只是將心裡的話說出來，並非要龍鷹提供答案，可見此事對他的衝擊有多大，忍不住吐露心聲。

楊清仁又道：「方、康兩人確有理由這般做，以增強對田上淵的威脅和壓力，但我總感到不對勁。」

他問過「范輕舟」一句後，便不再懷疑是「范輕舟」幹的，是因楊清仁自問辦不到，不可能在這樣的形勢下，無聲無息的殺掉參師禪，故亦不認為「范輕舟」有此能耐。

參師禪被人宰掉，對楊清仁有利無害，其之所以為此煩困，問題出在想不通，就像本清可鑑髮的池水，混濁起來，瞧不通透。

參師禪之死，成為了不測的因素，一天沒法弄得清楚，對大江聯一方，始終是個大隱患，誰說得定會否影響成敗。

龍鷹默然不語。

楊清仁返回現實，拍額道：「對！相王想見范兄。」

接著道：「范兄可抽空走一趟掖庭宮嗎？」

龍鷹點頭答應。

楊清仁視他為自己人，解釋道：「事緣相王昨天問起，范兄究竟是怎麼樣的一個人，是否投靠了娘娘？」

龍鷹苦笑道：「很難怪他有此疑惑。」

楊清仁道：「我告訴他，范兄是站在皇上和相王一方，不容懷疑，此為『一山不能藏二虎』的道理，因著竹花幫的關係，范輕舟和田上淵不可能善罷，現在表面似相安無事，暗裡的生死惡拚，從未平息過。」

龍鷹心呼厲害，在自己的知覺之外，楊清仁加上都瑾，內內外外的向李旦做工夫，激勵他的鬥志。

於這樣的情況下，他絕對不可坐視，否則唐室的天下，將從李旦的手漏進「假皇族」楊清仁的手上，情況一如黃河幫，真正的操控者是柳宛真和高奇湛，當時機成熟，去掉李旦，楊清仁可取而代之。

在黃河幫一事上，他曉得時為時已晚，無力逆轉，且鞭長莫及。現時則在事情初起之際，又局限在西京城內，他再不會犯同樣的錯誤。

唯一辦法，看李隆基了。

楊清仁又問道：「范兄何時離京？」

龍鷹答道：「後天晚上。」

楊清仁訝道：「為何挑晚上開船？」

龍鷹搪塞道：「上船即可睡覺嘛！」

楊清仁啞然失笑，搖頭道：「竟這般簡單？」

龍鷹心忖你儘管想破腦袋，仍猜不到真正的原因，連局內的宗楚客、田上淵亦無從揣測，而龍鷹全因偷聽到宗楚客、田上淵和九野望的秘密談話，推斷出對方刺殺李隆基的行動，佈局應對。

連九野望的存在仍茫不知曉的楊清仁，又沒想過宗楚客一方竟有除去李隆基的意圖，如何憑空想到內中的玄虛？

給楊清仁觸發，龍鷹心中一動，估計田上淵將親來送行，這叫作賊心虛，好營造李隆基的遇刺與他沒半點關係的假象。不由心呼好險，若找人假扮自己，立被揭破。

楊清仁沒在晚上啟航一事上糾纏，問道：「有把握嗎？」

龍鷹知他問的是有關今趟名為籌款，實為與北幫開戰的行動。楊清仁比之任何人，更關心他此行成敗。

捧起相王，尚嫌不足，即使一時間韋宗集團未能革除楊清仁和宇文破的大統領之職，可是有北幫站在韋宗集團的一方，優勢將絕對地朝韋宗集團傾斜，那楊清仁和宇文破早晚給拉下馬來，也等若反對韋宗集團者末日的來臨。

可以想像，李顯遭害，給個天讓韋后作膽，仍不敢立即登位稱帝，強如武曌，亦經過很長時間的過渡期，先後由兩位傀儡兒子繼位，再遭貶謫。到時機完全成熟，由李旦遜位予她。

李顯後的朝廷亦是如此，權力鬥爭環繞著李顯兩子李重福、李重茂展開。一邊是手握大權的韋后和宗楚客，一邊是皇族的李旦和太平。前者掌控天下兵權、西京的城衛和左羽林軍；後者是右羽林軍和飛騎御衛，非無一拚之力。

可是，當北幫幫眾源源不絕的入城，無所不用其極地打擊反對的勢力，有心支持李旦一方的大臣又噤若寒蟬，李旦、太平等皇族人馬勢處捱揍之局，只看能撐多久。

龍鷹此行，任重道遠。

與田上淵交手至今，龍鷹著著領先，最決定性的原因，是對方不曉得他是龍鷹，故處處失算。

純比實力，北幫實遠在江舟隆和竹花幫的聯合實力之上，每當以為北幫實力見底，豈知盡頭下尚有盡頭，深不可測。

楊清仁的擔心，非沒有根據。

龍鷹道：「竹花幫正在揚州虛張聲勢，擺出強闖楚州的姿態，務求引得北幫將重兵置於楚州，好聚而殲之。」

楊清仁皺眉道：「北幫人強馬壯，又有地方官府配合，並不易與。」

龍鷹微笑道：「若果他們是那麼易吃，小弟不用親走一趟呵！」

掖庭宮的正門樓，出現前方。

第十三章　誤中副車

龍鷹脫身離宮，已是日落西山之時，這麼的整個白晝花在宮裡。

走出朱雀大門的一刻，真的難作決定，該到哪裡去？

夜訪閔天女，以他們表面的關係，於禮不合，天女也沒在晚夜接見他的道理。

找宗奸鬼又如何？卻沒那個心情，可預見奸鬼將以諸般刁鑽問題來為難他，於此昨晚竟夜未闔過眼，唯一想的是大睡一場的時刻，精神、體力均不宜讓自己「送羊入虎口」。且有點後悔上趟因看不破宗、田兩人的真正關係，說了不少挑撥兩人的話，現時頗有無以為繼的沮喪感覺。可再透露多少，煞費思量。

故此聰明的，是和宗奸鬼來個巧遇，就不用長篇大論，說幾句立可鳴金收兵。

離宮前與相王李旦在掖庭宮的會面，本身乏善可陳。李旦不知是否因著出身的特殊環境，養成多疑的習慣，若非有他信任的楊清仁在旁拉攏，勢是一次試探，現在則初步建立了「同路人」的關係，往後就看龍鷹的表現。

全賴楊清仁暗示，「范輕舟」此行是「明修棧道，暗渡陳倉」，暗裡的目標，是對付北幫，以助黃河幫捲土重來，方贏得李旦對「范輕舟」另眼相看。

可是，會面對龍鷹最有用的地方，是掌握到李旦與都瑾的關係、情況，亦為此暗暗驚心。

他沒見到都瑾，卻可看到都瑾對李旦的影響。比諸昔日在洛陽，於款待橫空牧野的國宴上見到的李旦，那種似與生俱來的文弱怯懦，已被本該永不出現在他身上的奮發替代，宛若脫胎換骨。

「水能覆舟，亦能載舟」。

「媚術」既可令人耽溺喪志，竟也可使怯弱如李旦振作過來，似如神蹟。

都瑾肯定已與李旦合體交歡，並以其媚功激起李旦的鬥志，餘下的部分，便由李旦信任的皇族兄弟楊清仁負起灌溉之責，助他茁長壯大，令他感到自己成為了唐室內，唯一可力挽狂瀾的人。

龍鷹直覺感到都瑾尚未「入宮」，此乃欲擒先縱之策，令李旦感到須幹出一番大業來，始可真正贏得芳心。

本無權無勇，又無兵無將的李旦，忽然享受到如被眾星拱月滋味，怎可能不墜入台勒虛雲的精心佈局。

這邊想起台勒虛雲，耳內響起他的召喚。

夕陽最後一抹餘暉，消沒在偉大都城西面之際，龍鷹登上台勒虛雲的小舟，到了永安渠下游的一處支流，泊岸對話。

台勒虛雲問道：「輕舟對參師禪之死，有何看法？」

龍鷹作賊心虛，暗自心驚，當然不顯露出來，道：「死的真是參師禪？」

這個答法恰到好處，就是難以置信，因他曾和參師禪交手，曉得他的能耐。龍鷹的反應，正是每一個清楚參師禪深淺者應有的反應。傷他容易，殺他卻難比登天。

龍鷹以前辦不到，現今在參師禪的地頭，更不可能有人辦得到。

台勒虛雲神色不動的道：「瞧劉景仁的反應，此人是參師禪，殆無疑問。」

龍鷹頭皮發麻，台勒虛雲是否懷疑自己？

台勒虛雲淡淡道：「此事來得突然，耐人尋味，迷霧瀰漫，卻非全無可尋之跡。」

龍鷹暗自叫苦，他竟是專程來找自己說此事，不用說是認為與自己有關，否則躲在押店樓上想個夠便成。

自己在哪方面露出破綻呢？

龍鷹有信心應付任何人的盤詰，可是對兩個人卻沒十足把握。

一個是无瑕，她旁敲側擊的本領，配以「媚術」，無隙不窺；另一人就是台勒虛雲，仿如天馬行空，莫可測度，欲擋無從。

他裝出有興趣的模樣，道：「我真的想不通。」

台勒虛雲好整以暇的道：「才智之士，往往聰明反被聰明誤，事事往深奧複雜處鑽，結果鑽進死胡同。」

他說話時，一直留意龍鷹神色變化，令龍鷹清楚此君確在懷疑他與此事有關，要命的是沒法掌握台勒虛雲拿著自己哪方面的把柄。

龍鷹表現思索的神情，道：「此事撲朔迷離，難道竟可以有一個簡單的解釋？」

台勒虛雲仰首觀天，道：「這才像秋天，再一次月圓，將是中秋佳節。」

接著朝龍鷹瞧來，道：「看事須從大處看，更要從表面似風馬牛不相關的事去看，不放過任何線索。」

龍鷹心裡叫苦，目下的情況如被台勒虛雲對自己用私刑，不斷增加壓力。已經作古的來俊臣說過，在酷刑下，不論多麼堅強的人，都有崩潰點，就看你能挺多久。台勒虛雲當然不可能落手落腳的向自己行刑，卻可用他獨有的方式在精神上用刑，逼迫出龍鷹的破綻，他的崩潰點。

龍鷹思索道：「大處是指當前的局勢嗎？」

台勒虛雲該是到此刻仍抓不著龍鷹的辮子，從容道：「可以這麼說，又不全是這樣兒。殺參師禪的人，須符合幾個條件。」

龍鷹整道脊骨寒慘慘的，因感到台勒虛雲智珠在握，猜到殺參師禪者為誰，目下只是找自己來印證其推測。

今趟糟糕透頂，可令自己本無懈可擊的佈局，出現被他突破的缺口。

首先，須解釋為何瞞著他們。

殺的如是洞玄子，當然矢口不認；可是幹掉的乃參師禪，向他們邀功才對。

龍鷹同意道：「小弟想到的，是武功須在參師禪之上，那有資格者，數不出多少個人來。」

台勒虛雲道：「輕舟這個看法，在今次事件上派不上用場。」

龍鷹承認道：「所以小弟和河間王討論一番後，沒法有結論。」

不知是否城防轉嚴，罕有船隻經過，河濱的車馬道入黑後交通比平時疏落，岸坡的草樹秋蟲鳴唱，充盈季節的氣息。

台勒虛雲好整以暇的道：「首先，殺參師禪的人，與在城內突襲田上淵的兩大魔門元老有脫不掉的關係，雙方互為因果。」

龍鷹再告頭皮發麻。

他奶奶的，確一語中的，如在形容自己與「兩大老妖」不可告人的關係，「互為因果」一句話，可圈可點。

本以為滴水不漏，在台勒虛雲法眼下，處處漏洞。

道：「何謂『互為因果』？」

台勒虛雲道：「我們須弄清楚，殺參師禪的兇手，絕不是方閻皇、毒公子，而是另有其人。」

龍鷹不解道：「如何可斷定？」

台勒虛雲道：「城防的加強，在刺殺田上淵行動後半個時辰開始，非常徹底，連城內所有出水口也加上封網，故此除非兩人追在田上淵身後入城，將錯失入城的機會。」

龍鷹心叫糟糕，為的是另外的事，如水道裝上攔河網，他如何從水裡去和李隆基會合？置網處肯定燈火通明，有人把守。

台勒虛雲道：「即使趁這段時間入城仍沒用，接著就是逐家逐戶的搜索，以確定兩人不在城內。在這樣的情況下，他們躲在城內沒意思，既寸步難行，如何尋處在最高警覺的田上淵晦氣？」

接著，道：「『互為因果』，是此神秘兇手，與方閻皇和毒公子約好到西京來，目標是田上淵的五采石，茫不知五采石早物歸原主，不在田上淵手上。」

龍鷹暗鬆一口氣，台勒虛雲始終是人，不是神，任他智慧齊天，仍有偏差，且差之毫釐，謬以千里。

並不代表危機已過，因瞧他如何下結論，若認定是自己幹的，便嗚呼哀哉。

台勒虛雲續道：「連我們也摸不著田上淵藏身何處，方、康兩人如何能辦到？」

龍鷹心情又從放鬆變回扯緊。

我的娘！他不是猜到消息是由自己向兩大老妖洩露吧？只有「范輕舟」有跟蹤九卜女，從而找到田上淵所在處的機會。

龍鷹迎上台勒虛雲深邃無邊的眼神，讚道：「小可汗厲害，我沒朝這方向想過。」

台勒虛雲大有深意的盯他一眼，道：「其次，此人非常熟悉參師禪，也明白他和田上淵的關係，本身亦該與參師禪有仇恨，否則殺人後不會向田上淵示威。」

龍鷹以為台勒虛雲搔不著癢處的牢靠感覺，在其接二連三的衝擊下不翼而飛。不知該說甚麼好，只有聽的份兒。

唯一，也是必須的應對之法，是在被揭破時，和台勒虛雲來個「小三合」，然後盡所能殺死他。但卻為下下之計，在現今的形勢下，他需要台勒虛雲，如台勒虛雲需要他的「范輕舟」般。

更何況那趟用上「小三合」仍沒法殺田上淵，故成功的可能性微乎其微。

也就是說，除矢口不認外，別無他法。

台勒虛雲卻不放過他，問道：「我想知道輕舟的看法。」

龍鷹扮苦思，道：「可是，仍不足以讓他殺參師禪呵！最使人想不通的，任對方如何勢大，參師禪怎都可落荒而逃。」

台勒虛雲道：「輕舟認識參師禪嗎？」

龍鷹摸不著頭腦，又不得不答，道：「兩面之緣，其中一次交過手，算認識他嗎？」

台勒虛雲道：「比泛泛之交好一點，算不上認識，當然亦因不知敵，沒法計算他。」

龍鷹心忖既然如此，還找老子說這麼多話幹嘛？

台勒虛雲續道：「此兇手武功並不用高出參師禪很多，能剋制他便成，在某一特殊環境下，驟然發難，絕對可炮製出此輝煌戰果，鎮住西京所有勢力。至於是否如此，答案在輕舟身上。」

龍鷹第一個直接，也是最快的反應，是給駭得魂飛魄散，因台勒虛雲即使描述的非是實況的全部，卻已非常貼近，有若目睹。同時明白過來，他所謂對參師禪的「認識」，指的是參師禪偷香竊玉的採花本領。了解他者，可針對此而設局，只要曉得他要採的花，可佈下陷阱，等他上鉤。

幸好想深一層，頓然明白智深思廣的台勒虛雲，亦在此事上誤中副車，擒錯「真兇」，也令自己避過一劫，否則說不定自己照單全收，給台勒虛雲拆穿「范輕舟」的身份，險至極點。

目下在西京，符合台勒虛雲所說條件者，得一人，符太是也。

龍鷹是行運一條龍，運勢從頭走至腳指尖，因怕台勒虛雲怪他知情不報，主動向他供出符太在京，為的是私事。

龍鷹、符太，均為參師禪死敵，而參師禪來西京之事，「醜神醫」知之甚詳，符太可從他處得到消息，以符太為人，有機會絕不放過參師禪，其「血手」，更是在驟起發難下，可剋制參師禪的武功。

忽然間，符太將所有表面似不相關的事串連起來。

符太、兩大老妖同時現身西京，非巧合，是一個聯合行動，目標或許是五采石，也可以是為殺田上淵。符太潛伏西京這段期間，正是默默監察田上淵和其手下，包括參師禪。

符太與兩大老妖的勾結，有跡可尋，當年爭奪《御盡萬法根源智經》，龍鷹扮「康老怪」出來攪局，台勒虛雲從而聯想到符太與兩大老妖因著師門淵源，建立關係，自然不過。

台勒虛雲指答案在自己身上，不是認為龍鷹幫符太的忙，而是認為「醜神醫」和符太私下合作，不單佈局對付田上淵，亦設計陷阱誘參師禪入彀。

關鍵處在於「醜神醫」拆穿了九卜女的活毒，又猜到她有進一步的行動，故而知會符太，在暗裡跟蹤九卜女，既尋出田上淵藏處，也因而掌握到參師禪將作案的目標。

以憑空猜估而言，台勒虛雲猜測的準確度，已達到想像力的極限。

龍鷹皺眉想了好一陣子，道：「小可汗認為小弟理該知情，對嗎？」

台勒虛雲道：「輕舟仍茫無頭緒？」

龍鷹歎道：「確有點感覺，今天去找王庭經，本想和他一起入宮，他卻找藉口推託不去，瞧神情他昨晚該未闔過眼。」

又道：「他沒理由不去的，後晚便走，有很多事須交代。」

台勒虛雲沉吟道：「那晚九卜女來犯，被王庭經所傷時，輕舟在哪個位置？」

龍鷹道：「我躲在院牆外，那是九卜女最有可能逃亡的路線，可讓小弟予她迎頭痛擊，豈知她這麼懂得挑路走。」

台勒虛雲道：「我敢肯定符太當時藏在附近，故此王庭經亦沒窮追不捨，因有別人代勞，參師禪之死，就在那刻注定了。」

在西京，事無大小，均可帶來不測的後果。

試想若沒有符太代罪，以台勒虛雲的思考方式，排除了其他可能性後，餘下來的，惟只他的「范輕舟」。

那勢變成是「范輕舟」跟蹤九卜女，尋出田上淵藏處，然後通知「兩大老妖」來找田上淵的麻煩。殺參師禪，亦成「范輕舟」所為。

可說是猜個正著。

從這個方向看，拿參師禪來示威，實莽撞不智的一著，給冷眼旁觀的台勒虛雲窺破玄虛。

然僥天之幸，因有符太頂罪，壞事反成好事，錯有錯著。

當然，最關鍵者，是對方不曉得「范輕舟」乃龍鷹，不認為「范輕舟」具剋制參師禪，如符太般擁有可在某特殊情況，驟然發難下能置參師禪於死地的「血手」，一如練元般在長街成功刺殺武功高強的陶過。

想想也要暗抹把冷汗。

與台勒虛雲分手後，龍鷹打消了去見无瑕的念頭，怕給伊人再問一趟有關參師禪伏屍街頭的事，改為明天。

那時无瑕大可能從台勒虛雲處聽得台勒虛雲的結論，省去自己再花唇舌。而无瑕正是將符太召來西京的人，清楚確有其事。

甚麼都好，參師禪一事圓滿了結。至於老宗、老田如何想，龍鷹管他的娘。

興慶宮在望。

不由想起西京出入水口的攔河網，令早擬好之計再不可行，須回去找符太商量，看該如何應變。

就在此時，夜來深不知從何處鑽出來，攔著去路。

龍鷹暗歎一口氣，迎上去。

第十四章　以詐對詐

曲江池。新大相府。

龍鷹沒有在臨池水榭被款待的榮幸，宗楚客在主堂旁的偏廳接見，三、四句客套話後，轉入正題，眉頭緊皺的道：「輕舟真的須親走一趟？」

龍鷹直覺他心情大壞，若開罪他，隨時可失去耐性，暴跳如雷，唯一對付之法，是以柔制剛。

沒人可怪宗奸鬼，換過龍鷹和他掉轉位置，諒心情好不到哪裡去，當你以為一切盡在掌握裡，事事依你心意星辰般循環運轉，忽然發覺現實與願相違，心情可好到哪裡去？

世事的變幻無常，形成令人睡難安寢的龐大壓力。

忽然間，本該萬無一失，置王庭經於死的計劃，轉變為九卜女被創，田上淵行藏曝光，惹來「兩大老妖」的狙擊突襲，折的全是一等一的好手。法明和席遙從來非善男信女，狠辣處不在田上淵之下，又練就「至陽無極」，田上淵為保護九卜女，慘遭重創，而九卜女於療傷最緊要的時候，遭逢突變，大可能功虧一簣，負上永不能療癒的內傷。

宗楚客也非和稀泥，來個連消帶打，封鎖都城，派出大批兵員，搜索遠近，希望「失之東隅，收之桑榆」。

豈知是夜即城內生變，旗下頂尖級大將「奪帥」參師禪，身首異處的被棄屍皇城附近，令他欲蓋無從。尤可慮者，是既不明白，更大失預算，如若本馴服的馬兒，驀然變成失控的野馬。

正頭痛的當兒，王庭經和范輕舟竟要聯袂離京，是說走便走，大出其意料之外。王庭經因而頓成不測因素，誰曉得他何時回來，這方面連李顯也不敢過問，遑論韋后或宗楚客。

讓范輕舟離京，等若放虎歸山，天才清楚他是否另有目的，藉籌款之名，暗裡進行某一對付北幫的計劃。

龍鷹看著眼前奸鬼，似失去了一貫的從容冷靜，露出少許氣急敗壞的神色，實未之有也，引得他想深一層，同時暗呼好險。

宗奸鬼通過安樂，委他募金大任，實包藏禍心，務要留他在京。田上淵幹掉李隆基後，乘機南下，與集結在楚州的北幫船隊會合，親自領軍，以車輾螳螂之勢，一舉擊垮竹花幫在大江的水上力量，根本不用入城，然後凱旋而歸，再分兵對付陣腳未穩的黃河幫，如此反對北幫的力量，被打個七零八落，在以後一段很長時間，難以為患。

到李顯遇害，天下兵權盡入韋宗集團之手，屆時只須撤掉陸石夫之職，代之以己方的走狗，官府可配合北幫，將黃河幫、竹花幫和江舟隆全打為叛黨，來個趕盡殺絕，連根拔起。那時的「范輕舟」，該早命赴黃泉。

怎知「兩大老妖」如從暗黑處鑽出來的厲鬼，打亂了宗、田兩人的部署，現在「范輕舟」又要逸離他們的魔掌，老宗心情之劣，可以理解。

龍鷹無奈苦笑，道：「不走一趟行嗎？」

宗楚客盡最後努力道：「輕舟大可修書一封，委託江舟隆的兄弟代你籌款，這樣輕舟便不用長途跋涉，還可留在京城效力。」

龍鷹等的正是他這幾句蠢話，有怨報怨，有仇報仇，卻又扮出頹喪神色，慘然道：「大相該比任何人清楚，以大相財力，捐了百兩黃金，已是可觀的數目，西京能過此額者，數不出多少個人來。現在金額的目標，非幾百兩，非數千兩，而是一萬五千兩，要在西京籌得此數，乃癡人說夢。」

宗楚客一時語塞，兼之龍鷹以他為例，以示籌款之難，確為事實，宗楚客想害「范輕舟」，反成落入龍鷹之手的把柄。

龍鷹現在是吐苦水，沒絲毫怪責他之意，至少表面如此。

當然，宗楚客可拍胸口，為籌款一事包底，不足之數由他補足。然而，那肯定超過一萬兩，際此政爭激烈之時，在在需財，特別是北幫船多人眾，耗財極鉅，又北幫走私鹽方面的財路被截斷，老田在動用老本，老宗肯定須大力資助。於財政吃緊的情況下，宗奸鬼能否拿出一千兩黃金，殆成疑問。

非不願也，實不能也。

龍鷹續道：「同一個請求，由大相提出，或來深兄提出，已是迥然有異。現在更是要人真金白銀的捐款，隨便找個人去籌措，肯捐十兩已非常夠朋友，只有小弟親自出馬，痛陳利害，又說出諸般好處，方有籌得鉅款的機會。當然，我亦會計算一下，由江舟隆盡可能墊出一個可觀的金額來。凡此種種，不到我不親走一趟。」

任他其奸似鬼，宗楚客一時實找不到范輕舟不回「家鄉」籌款的道理，問道：「輕舟何時離開？」

若在與台勒虛雲密談前，宗楚客問這句話，他會答是後晚，但得知有攔河網後，做出調整，答道：「須看太醫大人心情，他愛何時走便何時走。」

宗楚客道：「須小心呵！」

龍鷹心中好笑，知宗楚客終找到切入點，可引出「兩大老妖」，至乎參師禪的話題質詢他。

龍鷹一點不擔心露破綻。

比起台勒虛雲，老宗要懷疑的，更多、更複雜，正如老田常卸責給大江聯，大江聯亦有百、千個理由，找參師禪來祭旗。

老宗由於一直嚴密監察「范輕舟」的一舉一動，知他沒忙壞算家山有福，壓根兒不可能佈局對付參師禪，那需要大量的人力與情報網，孑然一身的「范輕舟」，沒可能辦得到。事實上，參師禪如魅影般難掌握，任何針對他的行動均徒勞無功，唯一殺他的可能性，是像這次般的自尋死路，因機緣巧合下授首魔門邪帝手上。

於宗楚客而言，「范輕舟」沒資格殺參師禪。

龍鷹來個四兩撥千斤，免宗奸鬼追問下去，微笑道：「大相放心，只要田當家肯高抬貴手，大概沒人敢來惹我們。」

宗楚客為之氣結，卻恨又是他自己暗示、明示以「范輕舟」取田上淵而代之之意，此刻也無顏硬派老田是「范輕舟」的好兄弟。

宗楚客欲言又止。

龍鷹找個藉口，趁機告退，宗楚客或許失去了說話的心情，沒有挽留，令龍鷹得以脫身。

夜來深送他出大相府門，繞岸而行，抵曲江池北岸，還要送他到興慶宮去，給龍鷹婉拒。

他循來時路徑返興慶宮，因路上多了關卡，由於本身形相特別，一臉美髯更是活招牌，來時關卡守兵都認得他有夜來深陪行，免去無端給截著盤問，是聰明的選擇。

夜來深沒堅持送他一程，是個解脫，事實上應付台勒虛雲的詰問，如在驚濤駭浪裡掙扎求生，不知多麼辛苦。可憐他昨夜未闔過眼，與參師禪惡鬥一場，又須善後，晨早入宮，應付這個、應付那個，少點精力也不成。

到以為可以返花落小築好好休息，又給截著去見宗奸鬼，僅餘的一點精神亦用精光，現在唯一想的，是倒頭大睡。

走過兩個里坊，心湖泛起熟悉的影像，赫然是无瑕的動人倩影，有點模糊，且一閃即逝。

一時間他因心力交瘁，腦筋難以運作，不明白為何忽然想起她，而自己並不打算夜訪香閨。

走多十許步，方明白過來。

他奶奶的，无瑕當是通過池底秘道，到大相府偷聽他和宗楚客的對話，不由心生寒意，因自己竟一無所感，可知无瑕在全力潛藏的狀態裡，確能瞞過他的魔種。

此時她從水裡上岸，目光投在他背後，惹起魔種的警覺。

她會怎麼做呢？

是自行回家，還是在某處截著自己，要自己隨她回家去？這個可能性該不大，在這時候邀「范輕舟」到她香閨去，頗為曖昧尷尬，除非她打算和自己共度良宵。

唉！若真的如此，該拒絕嗎？狀態太差了。

此一念頭才起，他再一次感應到无瑕，旋又失去她的位置。我的娘！无瑕在跟蹤他！

明悟湧上心頭。

无瑕此刻的情況，等同前天他潛上老田的座駕舟，偷聽老田和九卜女對話的情況，曉得老田要去見宗奸鬼，機會難逢，豈肯錯過。目下的无瑕亦是如此，只要跟蹤自己返金花落，便可偷聽龍鷹和符太的「醜神醫」說話，從而探出他和「醜神醫」的真正關係。

龍鷹暗抹一把冷汗，如未能看破无瑕，確有「陰溝裡翻船」的可能。

這兩天不知走了甚麼運道，稍一行差踏錯，都可將贏回來的全賠出去。

心內也生出怨氣，无瑕對師門的重任，確看得比他重多了，沒感情用事。

想到這裡，不得不振起鬥志，加速返興慶宮去也。

符太未來得及說話，龍鷹傳音過去，道：「无瑕在聽著！參師禪不是你殺的，也不是我幹的，而是符太做的。」

符太明顯在等他回來，坐在內堂圓桌處，一時間未會意過來，呆瞪著他。

小敏兒從樓上走下來，龍鷹開聲道：「我有話和王大人說。」

小敏兒知機的返樓上去。

符太終有點明白，故作不悅道：「甚麼事？夜哩！不可以留到明天說？」

龍鷹拉開椅子，坐到他對面，眨左眼，豎起拇指，表示大方向正確，沉聲道：「是否符太幹的？」

打出手勢，著他承認。又裝笑臉，請他友善點，調校符太的態度。

今趟是盡他奶奶的一鋪，消除尢瑕對他的疑惑。

符太的「醜神醫」啞然失笑，道：「還以為是甚麼事，原來不過雞毛蒜皮般的小事，符小子殺個人算甚麼，何況是個採花淫賊，也算了結鷹爺的一件心事。」

兩人合作慣了，又清楚對方，默契之佳，天下不作第三人想，龍鷹予符太足夠的示意，符太立即來個配合無間。

龍鷹終感應到无瑕。

在集中精神下，努力為之，魔種回復靈動，察覺到无瑕藏身院牆西南角，雖微僅可覺，仍被他捕捉到其精神烙印。可知早前在大相府時，非是魔種不濟事，而是身為種主的他太過疲倦。

龍鷹道：「這麼重大的事，為何瞞我？我也可稍盡綿力呵！」

符太道：「不是老子不夠朋友，而是符小子除了老子和鷹爺外，慣了不信人。這小子是個怪人，比老子更不懂人情。」

龍鷹沉吟片刻後，道：「符太是否與方閻皇和毒公子有關係？」

今次打手勢仍難傳其意，索性分心二用，邊說邊在桌面以手指畫寫。

符太知機道：「為何忽然扯到兩個老妖處去？」

龍鷹解釋了來龍去脈後，結論道：「否則怎會這麼巧的？」

符太道：「這個我真的不清楚，符小子並沒有告訴老子。」

龍鷹道：「你沒告訴符太，五采石早物歸原主？」

符太道：「當然告訴了他。依我看，兩大老妖該和符太沒關係，否則不會再找老田要五采石，就像我們上趟般，純屬巧合。」

龍鷹先點頭讚他聰明伶俐，又在桌面虛畫寫字。

符太邊看邊道：「你怎知得這般詳細？」

龍鷹道：「是河間王告訴我的。」

此句極為關鍵，代表「范輕舟」向「醜神醫」隱瞞有關台勒虛雲和无瑕的存在。幾可肯定，无瑕聽罷，會立即找台勒虛雲報告今次的「大豐收」。

符太搖頭道：「真的不明白你，李清仁看樣子便知是大奸大惡的人，你不但向皇上推薦他做大統領，還和他過從甚密。符太當年在洛陽更認出他是大江聯刺客裡的其中之一，只是沒人相信，包括你。」

龍鷹苦笑道：「我是有苦衷的。」

符太哂道：「甚麼苦衷？」

龍鷹道：「給你問得我頭都痛了。好吧！一句話，想殺田上淵，此為必須的一著。不這樣，我和你都沒命離西京。」

又問道：「符太是否仍在西京？」

符太道：「你問我，我問誰？」

龍鷹道：「不問哩！最緊要是不傷我們的兄弟之情，人生難得才有個說得來的知己。你是否決定走？」

符太道：「你當我說笑嗎？他奶奶的！看見聖神皇帝那蠢兒我便心中有氣，眼不見為淨。」

龍鷹道：「你不想幹掉九卜女嗎？」

符太冷哼道：「她可躲到哪裡去？找到田上淵，等若找到她，對算帳，沒人比老子更有耐性。」

龍鷹又在桌面畫字。

符太用神看，道：「給你惹起老子，我們提早走。」

龍鷹失聲道：「後晚走都等不及，我還有些事未辦妥。」

符太道：「那就再給你一個白晝，我們明晚走，高大那邊由老子搞定。夜哩！老子要睡覺了。」

龍鷹離開時，无瑕早走了。

此時他真的心力交瘁，疲不能興，否則說不定會追著无瑕到因如賭坊後的押店，聽无瑕和台勒虛雲的密話。

今趟確佔盡便宜，憑一席話打掉无瑕對他積壓著的諸般疑惑。

任无瑕如何聰明絕頂，亦無從想像箇中的曲折離奇，超乎想像。

回到花落小築，踢掉靴子，倒頭便睡，到給符太派來的小太監驚醒，已是日上三竿，離午時不到一個時辰。

匆匆梳洗更衣，趕到符太處和他一起吃午膳，解釋了昨夜的事後，欣然道：「老天爺仍是站在我們的一邊。」

符太同意道：「確非常精采，混蛋自有混蛋的福氣。」

又道：「一起入宮如何？」

龍鷹大吃一驚，道：「我還用做其他事嗎？」
抓起兩個包子，揚長而去。

第十五章　道魔制衡

龍鷹依足規矩，登門拜訪无瑕，扣響門環，比之以前自行出入，還登堂入室，實大異其趣。

離日沒尚有一個時辰，向佳人道別是他今天做的最後一件事，接著就是啟碇開船，踏上新一段的旅程。

來此之前，他見過閔天女。

門閂拉開的聲音後，「咿呀」一聲，門開。

眼前一亮，龍鷹看呆了眼。

有別於一向見慣她俏書生的男裝打扮，无瑕換上裙褂，柔軟貼體，白地黃花，頗有荊布釵裙的味兒，別有一番綽約風姿。

眼前的无瑕，家常便服，秀髮如雲如瀑的散垂刀削般的香肩，襯托得她更是玉骨冰肌，若似可透視她嫩膚底下的血脈，素臉不施脂粉，盡顯她得上天厚愛的麗質。

然而，最能撼動龍鷹心神的，是他像重回塞外「清溪之戰」與她初次相遇的一刻，歲月沒在她身上任何一寸現出痕跡，還似乎變得更年輕貌美，仿如不懂人道，卻又情竇初開，十六、十七歲的懷春少女，有些兒怕了他目光般，現出少女的青澀和害羞，已非扣人心弦可以形容其萬一，而是沖破所有障礙和堤防的狂潮猛浪，令龍鷹頭下腳上的顛倒。

她驚人的美態是整體的，絕不能孤立來看，渾身青春攝人的魅力。

這是甚麼功法？是否「媚術」最高層次的體現？返本還元，憑的就是得天獨厚的動人天賦，秀外慧中，令龍鷹的魔種倏地活躍，熱血沸騰。

他奶奶的！

无瑕絕對是有備迎戰。

龍鷹的目光失控地在她能迷死任何人的芳軀上下梭巡，不放過任何美景。

「玉女宗」的首席玉女，微垂螓首，羞人答答，卻是由他放肆。

龍鷹跨過門檻，差些兒與她碰個滿懷，无瑕蓮步輕移，退後。碰空的後果，令龍鷹感到空虛、失落。

龍鷹在身體的層面，亦有異常的反應。嘴唇焦乾，如在沙漠走了多天，亟需水的滋潤；舌頭和喉嚨燥熱，生出原始野性的渴望。

隱隱裡，龍鷹曉得是魔種出問題，被无瑕驚心動魄、返本還元的「媚態」本相，挑動了魔種一向被道心抑壓的某種天性。

這絕非无瑕的本意，美人兒要挑動的，是龍鷹克制著對她的愛意，是形而上、純淨無瑕的男女之愛，問題在她壓根兒不曉得，龍鷹就是魔種，魔種就是龍鷹，比之以前任何一刻，她更不知「范輕舟」乃龍鷹化身。

昨夜龍鷹和符太的對話，專門款待无瑕，有「一錘定音」的奇效，盡去无瑕對「范輕舟」的諸般疑慮，她因而以一全新姿態，趁龍鷹來話別的特殊情況，與他建立另一階段的關係，縮著他不馴之心，纖手馭龍。

此時形勢，有點如台勒虛雲的「誤中副車」，瞄準的本為「范輕舟」的心，命中的卻是龍鷹的魔種。

倏地，龍鷹腦海泛起閔天女寶相莊嚴的道貌，如服下清神劑，回復片刻的澄明。

龍鷹仍要花很大的自制力，方不致往无瑕撲過去，轉身，拉門，關門，盡力讓精神從无瑕處移轉，讓道心出而主事，否則真不知會弄出甚麼事情來。如此狀況，乃造夢未想及過。

幸好剛才先去見閔天女。

與閔天女的關係愈發微妙，龍鷹在變，她也不住轉化，上窺道家修行的堂奧。事實上閔玄清的風流行徑，乃道家修行蹊徑之一，只是不入道家正統，被視為外道，類似席遙傳予符太的「雙修大法」。是正是邪，存乎一念，踏錯一步，將沉淪於男女肉慾，惹火焚身。天女的慧劍斬情絲，是此獨特修行方式的心法，怒海操舟的舵和帆。

事實上，當年龍鷹出征塞外前，與天女的纏綿愛戀，靈慾交融，天女已初窺此一修行的至境，具雛型的道胎結成道丹。

可是，未達「道即魔，魔即道」的魔種，是一張兩面刃，於造就天女道丹的同時，亦惹起閔玄清芳心內的野丫頭，因而抵受不住深諳「御女術」的楊清仁情挑天女心，一時沉溺難返，直至龍鷹的「醜神醫」分散她的心神，出現「移情」的轉機，到天女陰差陽錯下，也是「前人種樹，後人納涼」，與符太的「醜神醫」展開一段熾熱但短暫的愛戀。

起自龍鷹，結於符太，始終離不開出死返生的生氣的愛情長奔，從絢爛歸於寂靜，重歸於一，止於道丹。

剛才龍鷹見閔天女時，感覺非常震撼，是他事前沒料想過的，閔天女再非以前的閔玄清，比諸任何時刻，更具「天女」的道姿妙態，在龍鷹心裡留下深刻的印象，當差些兒魔種失守的一刻，天女的寶相佔據心神，激起龍鷹的道心。

龍鷹緩緩轉身，多爭取少許時間，讓道心駕馭變成脫韁野馬的魔種。

无瑕朝他瞧來，帶著訝異的神色，該是發覺他的不尋常處，她正處於「媚術」某一他不明白、也沒法掌握的境界，肯定對施術的對象非常靈銳，平時可避開她媚感的魔種，在「魔性發作」下，露出「真身」。

可以這麼說，他是在清醒的情況下，重歷當年在風城外，與裸形族四美女一夜狂歡的情況。其時在血腥的戰爭殺戮下，道心極度倦困，魔種於春色無邊的暖帳內出而主事，令他失掉清醒的意識，直至天明。

「仙子」端木菱害怕的，亦正是這樣的情況，在仙胎的強大刺激下，魔種本性大快，道心無力節制，變成一是魔種馴服仙胎、一是仙胎制服魔種的兩個極端情況，是勝負之爭。

幸好今天的龍鷹，非為昔日的吳下阿蒙，道心成勢成形，進窺「至陰無極」之境，不論魔種如何發狂發瘋，總能謹守至陽裡那一點至陰的崗位，成為不滅的「真陰」，不會重演風城外「失神」的情況。即使晉入「魔奔」之境，仍存丁點兒的知感，故能在事後保存某些特別深刻的回憶，亦因而能憑「三流歸一」，大破狼軍。

心中同時升起明悟，任何武功抵達某一層次，均能突破平常，進軍在常人意識外的某一境界，也是高上一重的精神狀態，層次有高下之別，漫無止境。如「仙胎」、「魔種」，乃另一精神層次的存在，若以高聳入雲的崇山比喻，普通人只是在山腳徘徊，武者則隨精神修養的深化不住上攀，擁有更廣闊的視野，於常人語之，變得神通廣大。

山有盡處，精神卻無止盡，一旦能恆常處於某一境界，魔種、仙胎、道丹因之而成，箇中奧妙，玄之又玄，難以描擬。

在和无瑕的交往裡，龍鷹早感覺到她的「玉心」對魔種有近似「仙胎」的奇異吸引力，卻沒一趟像此刻般強烈、直接、震撼。一來是自己毫無準備、猝不及防，更重要的，是昨夜故意讓她偷聽和符太說話的後遺症，令她疑惑盡消，此消則彼長，對龍鷹大添愛意，於此龍鷹來道別的一刻，放下「媚術」，若如媚光四射「濃妝豔抹」的絕色紅粉，忽然「洗盡鉛華」，以本來面目示之，以「玉心」向之，反而能將龍鷹的魔種來個「凌空擊落」，本無跡可尋的魔種，現出不該有的痕跡，實雙方間始料不及的異事。

如非剛見過天女，被她的「道丹」激起道心，大增威力，勉強保持靈明，後果不堪設想。

現在已非是隱瞞或掩飾的問題，而是道心和魔種制衡、融合的問題。

對於如何臻至「魔即道、道即魔」，「道心種魔大法」的至善至境，其虛緲難測處，令龍鷹無從入手，因其為精神的境界，非努力可得之，超乎智慧。可是，魔種被无瑕引發啟動的一刻，關鍵的契機終於出現，令他直覺感到，借助无瑕的「玉心」，說不定能跨越此一關。

與魔種爭鋒顯然非是良策，皆因魔強道弱。以馴服若雪兒般野性未馴的神駒的方法又如何？任之縱之，只要未被摔下來，終有坐穩馬背的一刻。

風險大，卻是唯一辦法。

前所未有的契機就在眼前，也是魔種和「玉心」的首次直接較量。以昨夜「一錘定音」的竊聽為底子，不論左衝右突，不虞脫軌。

龍鷹現出充滿陽剛意味、具侵略性的燦爛笑容，道：「小弟是來向大姐道別的。」

說時逼近兩步，至幾乎碰到她玲瓏有致的酥胸，方戛然而止。

无瑕的嬌軀微顫一下，察覺到甚麼似的，玉頰泛起可愛的紅暈，略仰俏臉，往他瞧來，櫻唇輕吐的道：「辭行便辭行，為何人家總覺得你今天怪怪的，像是想將人家一口吞掉。」

龍鷹本來想的是微笑，亦無心逼前，但為了不逆魔性，自然而然便這般做了。馴馬也有馴馬的規限，若明知前方是懸崖峭壁，則絕不可讓跨下野馬續往前衝，如此時般，下一步肯定是將无瑕擁入懷裡，那時魔種在肉體廝磨的刺激下，不泯滅道心才怪。

故必須臨崖勒馬。

龍鷹探手摟她的腰，擁著她朝廳門舉步，滿足了魔種的小部分野性，又使道心沒被淹沒，歎道：「不知如何，在來此途上，小弟忽然強烈思念在巴蜀成都平靜安逸的生活，並生出如能偕大姐返回成都的家，那即使天塌下來，亦不去管。」

這是從另一層面，呼喚魔種的另一面，至陽裡那點至陰，以抵銷其剛猛進取，用心良苦。同時，可勾起无瑕在成都與他相處的甜蜜回憶，把他現時的異常，歸之於對西京這顯示人性醜惡一面的地方的抗拒和反動。

目下龍鷹是施盡渾身解數，克己克人，好讓道和魔進一步水乳交融，不致與難得出現的良機失諸交臂，眼前契機，實破天荒第一次。

无瑕嬌體軟柔無力，緊挨著他，髮香、體香，四散飄逸，腰肢被摟處，觸手灼熱，顯然魔種的至陽至剛，壓伏了她玉心的至陰至柔，令她欲拒無從。

這時猝不及防的是她，也是個危機。陰衰則陽盛，雙方可能同遭滅頂之禍。

此一念頭剛起，龍鷹已身不由主將无瑕摟個結實，面對面的，在登屋石階前，往无瑕香唇狠吻下去。

驀地嘴唇劇痛。

不單沒吻著她小嘴，還給她咬了記唇皮。

功效神奇至極，宛如一盤冰雪般寒冷的凍水，照頂猛淋下來，澆熄了心內的魔焰，道心、魔種，至少在瞬間取得絕對的平衡，說不出的受用。

龍鷹乘機釋放她。

沒想過的，无瑕發出銀鈴般的嬌笑，順勢拖著他的手，又白他一眼，傳來只有他們兩人間方能明白、複雜微妙至沒法形容的訊息，領他入廳去。

无瑕該是以此親暱的舉動，平息不讓他親嘴的怨懟，豈知龍鷹心內不知多麼感激她，等於以「玉心」的至陰至柔，於他給快拋下馬背的當兒，來個「當頭棒喝」，重新坐穩，未致墜馬人亡。

无瑕著他坐下，自己則坐到几子另一邊的椅子，道：「古怪！不是不想和范當家親熱，可是總感到若被你親了，會很不妥當，范當家要做狂蜂浪蝶嗎？」

這場被无瑕「玉心」惹起的魔種風暴，來如急雷激電，去似雲消雨散，餘韻無窮，至此刻仍感受著魔種的狂野和震撼，等於在苦無前路下，於絕對黑暗裡，看到未出現過的出口一點光明。

心裡再一次感謝无瑕。

微笑道：「大姐害怕哩！」

无瑕垂下螓首，輕柔的道：「无瑕永遠不害怕范當家，害怕的是自己。」

龍鷹心中湧起憐意，道：「大姐是否有些心事，始終瞞著小弟，亦不打算告訴我？」

无瑕思索道：「為何人家總感到范當家似很清楚人家的事？這種了解，本不該出現在范當家身上，可是范當家卻每在不經意間自然流露。」

龍鷹清楚自己和无瑕敵對的狀態，絕不因雙方間隨時日滋長的情意有任何改變，這樣的對話，於龍鷹有害無利，故不可以感情用事。

每當陷於感情的桎梏，龍鷹都藉婠婠和女帝的關係，警醒自己師門使命於无瑕的決定性，雖然痛苦，卻不容忽視。

岔開道：「請大姐代通知小可汗，他猜得對，確是符太幹的。」

此著連消帶打，轉移无瑕心神，同時帶起无瑕對昨夜聽回來的話的回憶，清楚自己說的是「老實話」。

龍鷹感應到她一陣子的精神波動，旋即明白過來，並首次間接證實符太與柔夫人的「功行圓滿」。

无瑕剩曉得柔夫人方面的情況，清楚柔夫人失身於符太，然其「玉女之心」絲毫無損，還以為她成功藉符太回復舊觀，「玉心」無損，或尤有進益。既然如此，符太多少受到損害，甚或功力遽減。

可是，符太既力能宰殺參師禪，在在展現他的「血手」有進無退，沒被柔夫人的「媚術」採陽補陰，損人利己。

本來的「情場戰場」，因席遙授符太「合籍雙修」之術，變為兩家便宜兩家著，歡喜收場。至於符小子和柔夫人目前是怎麼樣的關係，得等待符太透露了。

无瑕有點心不在焉的問道：「范當家何時走？」

龍鷹道：「你答應不在船上等小弟，小弟方敢告訴大姐。」

无瑕嗔道：「你這麼討厭人家？」

龍鷹歎道：「若大姐答應隨范某人返鄉祭祖，現在小弟立即抱大姐登船。」

无瑕沉默下去，好半晌後，輕輕道：「人家也很懷念在成都與范當家共度的時光，明白嗎？」

龍鷹搖頭道：「我並不明白。」

无瑕現出淒然無奈的神色，柔情似水的輕輕道：「自懂人事以來，无瑕清楚走在一條與常人不同的路上，與世人歌頌的安居樂業、相夫教子絕緣，更沒法走回頭路，故不論人家對你的眷戀有多深，大概不會下嫁范輕舟。范當家又如何？无瑕始終沒法明白你，直至今天，仍不明白你為何肯為清仁守秘密，還把他推上大統領之位。他不是你最顧忌的人嗎？」

龍鷹苦笑道：「我並不是漢人，也不自視為突厥人，隨命運的波浪起伏浮沉，但又不肯認命，很多時，我也不了解自己。支持河間王或許是因為你，又或為對付田上淵。河間王將來是敵是友，尚屬未知之數，但田上淵肯定是勢不兩立的死敵。故此，如大姐從一個更廣闊的位置看待我的行為，會得出不同的結論。只恨人的看法，不論如何精明睿智，仍有局限，更精確的說法，該是身不由己。」

接著起立告辭。

无瑕隨他俏立，移入他懷裡，獻上熱烈的香吻。

第十六章　大戰當前

離開无瑕香居，龍鷹朝碼頭區舉步，思潮起伏，百感交集。

造化弄人，從一開始，上天便把他和无瑕置於對立的位置，情況從沒改變過，故此无瑕一直在自己身上尋找答案，而不論她對龍鷹的愛有多深、多真，始終難左右她對師門使命的決心。她唯一可辦到的，是讓情如姊妹的湘夫人、柔夫人脫出這個爭天下的泥沼。

現時西京的形勢，由暗轉明，李隆基亦昂首闊步的登場，從隱而顯，加入各方勢力的傾軋角力裡，任重道遠，可走到哪裡去，誰都難以測度。唯一可告慰的，是李隆基比之他們任何一人更懂玩政治手段，配合對他忠心耿耿的高力士，外有郭元振撐他的腰，本身又有足夠保護他的實力，該大有作為。

天女會否聽自己的勸告？

龍鷹提議閔玄清遠離西京，返洛陽的如是園也好，總言之要避開京師的風風雨雨，不可捲進道門的鬥爭裡去。

載他們的船隻泊在碼頭處，符太的「醜神醫」、宇文朔、乾舜和高力士聚在登船的扶梯下說話，不見其他的送行者，全為自己人。

四人笑談甚歡，神色輕鬆。

見龍鷹到，符太罵道：「全船人在等你。」

龍鷹收攝心神，微笑道：「世上或許沒一件事是偶然的，誰曉得開航的吉時非由老天爺安排？太醫大人懂這般想，自然心安理得，等多久都沒問題。」

符太為之氣結，宇文朔和乾舜各自露出省思的神態。

高力士動容道：「經爺、范爺言簡意賅，發人深省，令小子學懂做人正確和明智的態度，得益至深。」

符太一呆道：「說話的似非老子。」

高力士面不改容，恭敬的道：「沒經爺的妙語，怎引出范爺的話？」

龍鷹歎道：「高大不脫本色，教人歎服。」

高力士壓低聲音道：「一切依范爺吩咐，安排妥當。」

輪到龍鷹愕然道：「小弟安排了甚麼？」

乾舜笑道：「太醫大人和朔世兄見范爺事忙，無暇兼顧瑣碎小事，遂代勞擬定今趟的南下之旅，安排天衣無縫的南北銜接。」

龍鷹聽得差些兒抓頭。

宇文朔欣然道：「一人計短，二人計長。早在策劃臨淄王回朝一事時，我們已和揚州那邊建立聯繫，預作安排。」

符太道：「最重要的，是弄清楚南下水道的形勢，否則給人燒掉了船，便要泅水返揚州去。」

宇文朔道：「根本不用回揚州。」

龍鷹拍額喜道：「對！對！我催沒時間顧及這方面的事。」

符太道：「上船吧！沒耐性的不是老子，是小敏兒。」

雙桅帆船開出。

船上除七個侍臣外，其他是正規水師兵，共十五人，全是不敢理閒事的模樣，至於高力士憑甚麼令他們如此安份守己，就非龍鷹所能知，亦曉得不宜問。

高力士手腕之高明，愈來愈教人驚訝。

七個太監更不用說，個個忠心耿耿的自己人態度，由小敏兒指揮，生火造飯，各安其職。

龍鷹和符太來到雙桅帆船船尾處說話。

符太吐苦水道：「剩向老朔解釋『兩大老妖』的事，不知花了老子多少唇舌。」

龍鷹明白他在說甚麼，皺眉問道：「你如何向他解釋刺殺李顯的事？」

符太道：「照直說。大家兄弟，有何好轉彎抹角的。」

龍鷹問道：「他怎反應你的解釋？」

符太道：「他說，以前他肯定接受不了，現在卻清楚你是有先見之明，若非我們有『長遠之計』，未來情況真的不堪想像。」

龍鷹苦笑道：「我還未有那麼狠，是法明提議，胖公公附和。」

符太馳想道：「若你和法明真的成功了，現在該是怎麼樣的一番光景？」

龍鷹道：「理該是李重潤繼位，獨孤倩然則為當今皇后，你也遇不著小敏兒。」

符太道：「聽得我毛骨悚然，心都寒起來。」

龍鷹別過頭來，認真看他，訝道：「聽你這般說，該是很滿意命運循這個方向和路線走，感到若非如此，極之可怕。」

符太沉吟道：「該是習慣了既成的現實，難以自拔，更不願自拔。」

龍鷹伸個懶腰，迎河風深吸一口，道：「命運就如眼前情況，坐上這艘命運之舟後，除了跳船，否則將隨它不住前進，直至抵達終點。」

又道：「好哩！究竟有何安排？」

符太道：「根據最新情報，北幫的船隻確大批離開洛陽的主基地南下佈防，卻非我們猜想的楚州，而是散佈洛陽以南的水域和重鎮。也即是說，我們不可能依舊計，來個聚而殲之。」

龍鷹頭痛道：「老田愈來愈奸狡。」

符太道：「肯定非老田想出來的，論水戰，老田拍馬尚未追得上練元。此招叫無招勝有招。領教過江龍號和你范爺的厲害後，練元學乖了，來個以虛迎實，避強擊弱。如來的只得艘江龍號，便對之以如蟻附羶的靈活戰術；來的若為竹花幫和江舟隆的船隊，便採蓄勢突擊之法，主動權將掌握在他們手裡，我們則是愈北上，愈深陷，只餘捱揍的份兒。」

龍鷹慶幸道：「幸好有你和老朔把握情況，否則我們將成『盲人騎瞎馬，夜半臨深池』。」

符太道：「坦白說，我和老朔都是被動的。在西京的感覺很古怪，自自然然忘掉了西京外的天地，就像人間世只得那麼多，但足夠你忙的了。」

接著道：「在你抵西京後，解除了戒嚴令，我們和揚州的通訊暢通無阻下，高小子手下有批人，一直和揚州有緊密聯繫。」

龍鷹有感道：「高大的作用愈來愈大。」

符太道：「想想他是另一個胖公公，你便明白，天下的侍臣，都歸他管。」

又道：「在這樣的情況下，大規模北上攻打北幫是自尋死路；但若我們兵力不夠，亦難動搖其分毫，頂多殺幾個蝦兵蟹將，於事無補。還有……」

龍鷹道：「還有甚麼？」

符太道：「怎樣算贏？怎樣算輸？除非逐城逐鎮的攻佔，否則勝負並不分明，北幫的勢力，是以做生意、幹買賣的形式存在社會的階層，只有在像洛陽般京城級的大城方設有分壇。控制碼頭區，並不等於控制一個地方，強搶生意和地盤，勢遭官府的強力取締。」

龍鷹點頭讚道：「想得很深入。」

又問道：「以前北幫如何贏取北方水道的控制權？」

符太道：「在官府的支持下，北幫進行刺殺、滲透，令黃河幫感到生死存亡的威脅，然後引對手大舉反擊，贏得幾場決定性的水戰，殲滅黃河幫的船隊，擴大本身的生意，蠶食原本屬黃河幫的地盤，沒有官府的默許，是不可能辦到的，現在情況依然，宗晉卿絕不會站在我們的一邊。」

龍鷹刮目相看，道：「果是分析入微。」

符太道：「消息部分來自高小子，他在這方面做了很多工夫，部分來自竹花幫，他們雖不容在北方公開活動，卻通過地方上淵源深厚的幫會和江湖人物掌握情況。」

龍鷹問道：「北幫聲譽如何？」

符太道：「須分兩個階段來說，獨霸前的事不說，於驅走黃河幫之初，老田採懷柔之策，有些方面比黃河幫更寬鬆，蕭規曹隨，似一切如舊。可是，最近變了，且變得很厲害。你該像我般明白原因。」

龍鷹歎道：「切斷老田青海高原私鹽線終於發揮效用，又偏是老宗、老田最等錢用的時刻，不到他們再扮好人。」

符太道：「正是如此。在官府的配合下，北幫訂立更嚴苛的規矩，甚或取而代之，令小幫會利潤大減，叫苦連天，但敢怒不敢言。」

龍鷹道：「他們該非常懷念過往的好日子。」

符太道：「所以現在竹花幫在北方找志同道合的幫會，易似探囊。」

又道：「向老哥負責的是全面備戰，這場情報戰，由鄭居中領軍打，此人是個人才，幹得有聲有色，並作出提議讓我們參詳。」

龍鷹喜道：「他有何提議？」

符太道：「他是針對北幫現時採的戰略定計，首先是『附勢』。」

龍鷹的興趣給惹出來，道：「確士別三日，想不到鄭居中可想出這麼的一個名堂來，聽到已感大有看頭。」

符太解釋道：「所謂『附勢』，是附吐蕃和親團之勢，和親團由王昱安排坐樓船往揚州，並派出四艘水師蒙衝鬥艦護航，到揚州邊花天酒地，邊等待我們的指示，現在該動程經大運河北上楚州，陸大哥又多派四艘鬥艦護航，總數達八艘，此船隊是打正旗號，北幫絕不敢碰，洛陽的水師亦不敢刁難，只餘開路的份兒。」

龍鷹道：「是否等於解決了官府橫加干涉的問題？」

符太笑道：「技術就在這裡！」

龍鷹大喜道：「在哪裡？」

符太好整以暇的道：「樓船泊在碼頭，和親團則上岸尋歡作樂，眾鬥艦當然做好護樓船的工夫，扼守楚州各水道要衝，等若控制了楚州水域，此時竹花幫的船愛北上便北上，在楚州有停泊點便成，不用打半場仗。」

龍鷹皺眉道：「八艘水師船的指揮是誰，竟肯配合我們？」

符太道：「是王昱的心腹大將荊蒙，精擅水戰，當年王昱來京，由他護送，屬郭元振的軍系，也是保皇派，雖不知『范輕舟』是你鷹爺，卻清楚郭元振和我們的關係，到揚州時，陸大哥和他竟夜詳談，使他明白我們要剷除北幫的心意，故雖不能公然對付北幫，暗助不成問題。」

龍鷹喝道：「好！」

又道：「此叫『以官制官』，上上之著，將削去北幫有宗晉卿撐腰的優勢。」

符太道：「事實上，最難闖的是楚州一關，抵楚州後，洛陽位於其西北，中間乃中土最複雜的水道網，湖泊眾多，大的有成子湖、洪澤湖、駱馬湖、微山湖，小湖則數以百計，四通八達，即使北幫船隻的數目比現時多上百倍，仍難兼顧，故此，北幫唯一之計，是於最關鍵的十多個重鎮，特別是接近洛陽的如汴州、豫州駐重兵，另一方面又在楚州附近的水道重鎮如泗州、徐州等佈陣，待我們北上，於接近洛陽的當兒，迎頭痛擊，楚州附近的船隊，則封死我們後撤之路，如此可一舉粉碎我們反擊他們的力量。在這樣的情況下，勝敗決定於雙方的硬撼，官府無從干涉。」

接著續道：「簡言之，北幫等於張開口袋，多些來，密些手，務要把我們吞噬。」

龍鷹不解道：「北幫為何像曉得我們將大舉北上？」

符太沒好氣道：「這麼快忘記了，計策是你提出來的，就是裝出大舉進攻之勢，令北幫集中船隊在楚州，那我們可藉吐蕃和親團的掩護，一舉攻破北幫的船隊。只是練元給你嚇破了膽，不敢造次，改採『甕中捉鱉』之法，沒中你的奸計。」

又道：「敵人是以逸待勞，又在他們熟悉的地盤，我們則勞師遠征，在正常的情況下，吃虧的是我們。以實力論，北幫確在竹花幫、江舟隆和黃河幫合起來的實力之上。且他們還可採沿途突襲的戰略，不讓我們有泊岸補給、喘息的機會，水道這般錯綜複雜，敵人來無蹤、去無跡，防不勝防。」

龍鷹道：「我們只取洛陽東南的水道重鎮又如何？」

符太道：「很可能招來官府的干涉，所謂『欲加之罪，何患無辭』，我們將處於被動。現時我們能拿出來見人的戰船，不到百艘，比之北幫的二百艘到二百五十艘，差了大截。」

龍鷹失聲道：「這麼少？」

符太道：「因為我們仍要維持大江的客運和貨運生意，能抽調這麼多艘船，不知花了多少心思力氣。幸好有江龍號，又有你，還有黃河幫的七艘新艦，否則根本沒有一拚之力。」

又道：「若果我是練元，絕不謀求在一場、兩場水戰定勝負，而是利用敵隊深入我境對他們有利的優勢，大打消耗戰，盡量讓我們得不到補給和後援。天氣又轉冷哩，只水土不服，風寒交加，可令我們的南軍士氣消沉，不用打已輸掉這場水道爭霸戰，那可不是說笑的，歸路被截斷下，北征將變成困獸之鬥。」

龍鷹同意道：「在這樣我弱彼強的情況下，北方有關係的幫會絕不敢施以援手，怕招來北幫的報復。這就是猛虎不及地頭蟲的道理。他奶奶的！」

符太輕鬆的道：「我們不需他們的支援，需要的是洛陽和楚州間廣闊水域的情報，也是鄭居中著力的地方。他奶奶的！這是一場情報戰，幹得好，我們的另一管來了。」

龍鷹道：「刺殺！」

符太道：「『刺殺』兩字豈足形容之，是再組遠征勁旅，擇肥而噬之。今次我們還有『兩大老妖』助陣，即使對方有像拓跋斛羅般的高手，仍只餘捱揍的份兒，問題在我們對敵人的情況掌握得有多好。」

龍鷹深吸一口氣，道：「現時掌握得有多好？」

符太道：「未有頭緒。目下北幫的主力集中在洛陽和附近水域的秘密基地，可是，當發覺我們的船大舉北上，北幫勢全面動員，我們的機會便來了。」

龍鷹沉吟道：「這是最樂觀的想法，現實的發展未必如此。勿忘記我們的對手是練元，現時他用的戰術，正是當年當河盜的戰術，可將主力留駐重要據點，由他率隊靈活出擊，一天我們的船隊留在楚州，練元按兵不動。說起來，當然是他們佔便宜。」

符太道：「可否甚麼都不理，找到他們最多戰船聚集處，來個狙擊突襲，能殺多少人就多少人？」

龍鷹記起當日殺上練元船上的情況，道：「我們並不真正知敵，儘管有『兩大老妖』助陣，對上的若為對方精銳，又或大批新加盟的突騎施戰士，未必能討好。對方是以千計的強手，我們頂多得十來人，有傷亡將後悔莫及。」

符太道：「還有何法？」

龍鷹微笑道：「技術就在這裡。」

符太欣然道：「非常喜歡聽到這句話。」

龍鷹道：「先告訴小弟你的安排。」

符太道：「與李隆基的座駕舟遇上處，『兩大老妖』理該在附近，我們分頭行事，你登李隆基的船，老子尋人。到大河後，將有船隻接應我們。」

龍鷹仰望夜空，道：「當我籌款回來時，北幫獨霸北方的局面將成過去。」

第十七章　李代桃僵

兩船錯身而過，龍鷹到了鄰船去。

同一時間，符太騰身而起，往另一邊岸投去。早在離船前，兩人故意在船首現身，吸引「兩大老妖」的注意，免惹兩人誤會。他們的船，將在下游附近處泊岸，等待龍鷹回去。

十八鐵衛之首的衛抗，將龍鷹迎入艙內，在艙廊遇上商豫，大家見面，小妹子興奮得俏臉紅撲撲的。

商豫的神氣更見斂藏，李重俊兵變之夜，與慶宮的惡戰，令她得到無與倫比的實戰經驗，過往的苦修，終凝煉成形，在修為上邁進捨此之外別無他途的一步。

不論商豫，又或十八鐵衛，均清楚此次返京與別不同，李隆基的「日子」終告來臨，從韜光養晦，進入大有為的階段。

「養兵千日，用在一時」。

眾人為此雀躍鼓舞。

船上除他們外，尚有婢僕、侍臣近三十人，為保密起見，都被瞞著。

際此黎明前的時分，大多數人好夢正酣，茫不知龍鷹駕到。

龍鷹直入下層最接近船頭的艙房，本坐著的李隆基起立恭迎。

商豫為兩人關上房門。

房內最惹人注目的，是掛著一面銅鏡。

龍鷹面對銅鏡坐下，取下揹著的小包裹，放在小几上，李隆基搬來另一張椅子，坐在他身旁。

龍鷹通過銅鏡的反映，看看李隆基，又摸摸自己的鬍子，道：「臨淄王今天特別神氣。」

李隆基苦笑道：「希望鷹爺指的是好氣色，事實上我不知多麼擔心，怕有負鷹爺的期望。」

龍鷹打開小包裹，取出刮刀，開始剃掉鬍鬚，微笑道：「因為於你老兄而言，京師此刻是個未知之謎，故而患得患失。好！讓小弟壯你的膽，我們給你安排了一份優差，就是為安樂和武延秀年尾的大婚籌措費用，包保你可風風光光的四處活動，交朋結友，顯於人前，一洗以往的頹唐之風。」

刀起刀落，轉眼間刮得乾乾淨淨的，一手用刀，另一手接著，將剃下來的鬍鬚置於包裹的布上。

包裹裝載的，是符太為他從法明大慈恩寺借來的易容精品。

李隆基一呆道：「籌錢？」

龍鷹以李隆基的容顏為目標，開始動手變臉，解釋了來龍去脈後，道：「向安樂推薦你的人是獨孤倩然，她屬我們一方的人，明白是甚麼一回事。」

李隆基皺眉道：「倩然姑娘無端端的推薦我，不怕啟人疑竇？」

龍鷹微笑道：「技術就在這裡，倩然乃安樂閨中密友，本身地位尊貴，推薦你更是天公地道，因在皇族裡，你與安樂同輩份，由皇族的人負責為她籌款合情合禮，而安樂絕不會告訴人主意來自倩然，別人肯定認為是安樂看中你。」

李隆基欣然道：「不知如何，聽到久未聞之的『技術就在這裡』，登時疑慮全消。

鷹爺神通廣大，似能預知未來，當日若非有商豫和十八鐵衛拚死維護，縱有太少和幾個隨霜蕎來的高手，未必架得住敵人。」

龍鷹一邊加粗眉毛，改變眉形，順口問道：「沒惹起你父兄或霜蕎那邊的懷疑嗎？」

李隆基道：「當時混亂至極，倏忽裡，敵人從北門殺過來攻打沉香亭，喊殺震天，霜蕎和她的人去了保護王父，我則和商豫、十八鐵衛迎戰敵人，加上從正大門來援的禁衛，適值夜晚，恐怕沒人弄得清楚誰打誰。」

龍鷹放下心事，道：「這就最好。」

搓抹一番後，垂下雙手，道：「多少分？」

李隆基道：「至少有六、七分像，鷹爺有一雙靈巧的手。」

龍鷹笑道：「由我親造的一張太師椅，太平坐過後難捨難離，從千里外運返洛陽。」李隆基欲言又止。

龍鷹整理頭髮，道：「想問有關你王父的事，對吧！」

李隆基點頭。

龍鷹淡淡道：「他沒有了！」

李隆基色變。

龍鷹瞧他一眼，道：「勿誤會，他仍然健在，不過人在心不在，給小都瑾收到她的妖葫蘆裡去。」

李隆基焦慮的道：「怎辦？」

龍鷹道：「想都勿想該怎辦，此事壓根兒不到你去理會，如給都瑾發現你的敵意，意圖陷害，你更吃不完兜著走。」

李隆基問道：「入宮了嗎？」

龍鷹道：「怎會這麼容易讓你王父得到她，男人就是這副性子，愈難到手的，愈珍貴。」

稍頓，接下去道：「凡事有弊有利，都瑾成功激起你老爹的鬥志，他還見過我，依我看他是繼李重俊之變後，再一次振作，今次將有楊清仁為他做軍師，不像以前般弄不清楚位置，不曉得在幹甚麼。」

李隆基眉頭深鎖，道：「可是……」

龍鷹截斷他道：「現在的西京已成混戰之局，取勝惟憑陣法、策略，就像在戰場上埋身肉搏，不容婦人之仁。明白嗎？這是皇位的爭奪戰，父子兄弟之情全要拋諸腦後，臨淄王深悉歷史，該知我所言非虛。想想吧！大唐是怎麼樣來的？」

李隆基苦澀的道：「王父對我很有偏見，若再加上個用心不良的女人，更難相處。」

龍鷹整理好頭髮，道：「多少分？」

李隆基道：「有七、八分哩，若再換上我同樣服飾，加上燈光昏暗，連我也以為多了個分身出來。」

說時站起來，取起放在榻子上的衣服，與他正穿在身上的，一式一樣。

龍鷹脫掉外袍外衣，接著遞過來的衣服。

此時天色大明，外面傳來婢僕們走動的足音。

操舟的是十八鐵衛，在女帝一意栽培下，他們除本身武功高強，還深諳各種技能，其陣戰之術，天下無雙。

龍鷹邊穿衣，邊道：「不是安慰你，老天爺的意志玄妙莫測，是你的，便是你的，難作強求。可是呵！一旦認定，你想撇亦撇不掉。」

李隆基道：「避得今次，避不開下趟，一旦讓敵人生出警覺，我將寸步難行。」

龍鷹笑道：「你有籌款這道護身符，怕他的娘。」

又道：「今時不同往日，避人耳目的日子已成過去，現在是你建立威望和聲譽的時刻，更要修補與相王的關係。爾父並非一個複雜的人，趁此他身邊只得你一個兒子的天大良機，使一招他奶奶的『投其所好』，包保可輕易取得他歡心。」

李隆基歎道：「可是我去為安樂籌募她大婚的費用，肯定不為他所喜，還如何得他的歡心？」

龍鷹道：「這叫關心則亂。想想呵！在其他事上，臨淄王多麼明智和決斷，這就是動感情，不動腦筋的現象。坐！」

龍鷹換上李隆基為他準備的全套衣服，搖身一變，就像房內多了另一個李隆基出來。你看我，我看你時，有點像照鏡子。

假若現時有刺客破門入來，肯定不曉得該殺哪個好。

李隆基順勢後退一步，坐在床緣。

龍鷹則拉來椅子，坐在對面。

李隆基道：「到西京後，弄清情況，我或會好一點。」

龍鷹道：「起點時的幾步最關鍵，不可走錯，否則任你花多大氣力，仍難返回正軌。」

李隆基謙虛道：「鷹爺指點。」

龍鷹道：「江湖騙子，有個萬試萬靈的手法，就是將明明不讓你有選擇的事，變成似是你自己的選擇，可以是語帶雙關，可以是玩話術。」

李隆基給引出興致，求教道：「鷹爺可否舉個實例？」

龍鷹道：「例如有左、右兩門，我想你挑左門，當然不可以直接要你去挑左門，於是我請你在左、右兩門裡挑其中一門，你挑哪門？」

李隆基道：「我挑右門。」

龍鷹欣然道：「恭喜臨淄王，你挑中哩！此門確為死門，不宜。」

李隆基愕然道：「豈非只剩左門？」

龍鷹道：「我現在是以最簡單的方法舉例，真實的情況還須枝葉襯托，保證你中計仍不自覺。明明非心中之選，最後還是選了。」

又道：「運用之妙，存乎一心。」

李隆基不解道：「與王父反對我為安樂籌款，有何關係？」

龍鷹道：「當然大有關係，你將選擇權交入你王父之手便成。」

李隆基沉吟思索。

龍鷹道：「今趟臨淄王返京，玩的遊戲名為『八面玲瓏』，盡量不開罪任何一方，特別是令王父和太平長公主，又得安樂視你為幫她辦事的人，也因而使臨淄王得娘娘倚重，在這樣的情況下，於安樂大婚前，宗楚客絕不敢動你，否則就是和自己過不去。且他又不是真的懷疑你，容許九野望和拔沙缽雄來行刺你，是姑且信之，抱的是不怕一萬怕萬一的態度。」

李隆基點頭同意，但仍鎖緊眉頭。

龍鷹道：「還不明白嗎？將選擇權交到你王父手上便成。表面上，是由他代你選擇，事實上豈到他選擇。」

李隆基終於明白，朝他瞧來，雙目熠熠生輝，予人脫胎換骨、煥然一新之感。

龍鷹為他歎一口氣。

被驅離西京，在外流離浪蕩，直至今天回來。李隆基離京之時，李重俊兵變失敗，京城盡入韋宗集團之手，妖氣沖天，李旦生死未卜，可想像他有多沮喪失意，就像已得到了手的，一鋪下全賠出去，還不知有否回京的一天。被放逐的這段日子，是他最失意觸底的悽愴歲月。不像以前到幽州，在郭元振護翼下，大有作為。能否東山再起，尚為未知之數。

然後，他終於獲准返京，可是，離開時的印象太深刻了，縱然將楊清仁推上右羽林軍大統領之位，可是楊清仁正是他的死對頭，背後又有整個大江聯支撐，反大添他的危機感。

最難忍受的是李旦被都瑾迷惑，是從根本處動搖李隆基的基礎。從李隆基的位置視事，目前他是處於劣勢的谷底。

龍鷹必須予他全新的遠大視野，除解決迫在眉睫的諸般難題外，還要予他掌握全局的智珠。

幸好可早上一天與他碰頭，龍鷹有足夠的時間為他啟蒙。

龍鷹道：「臨淄王一邊拍心口保證，為安樂辦妥籌款的事，另一邊回去和王父訴苦，請他為你拿主意。謹記，定須告訴他，對著安樂時，你是推無可推，口頭上答應了，但明言須得相王的批准。當然，你並未向安樂說過這樣的話，只要讓相王清楚，如他不允准，將變成他和安樂間的事，也是相王和韋后間的事。以你王父怯懦的性格，尚未有膽子這樣公然和韋后鬧翻。」

李隆基叫絕道：「好計！」

又問道：「若王父徵詢長公主或河間王的意見又如何？」

龍鷹道：「是恨不得他這麼做。」

接著沉吟道：「問長公主的機會不大，因很難有碰頭的時機，反是問楊清仁的機會較大，保證他不反對，因尚未到與韋宗集團公開決裂的時候。」

李隆基道：「對！」

然後問道：「台勒虛雲對我起疑嗎？」

龍鷹道：「是對你們兄弟有懷疑，可是你們立即被逐離京，令他們沒法進一步弄清楚。現在你老兄最該採的策略，是與令王父緊密結合，讓他清楚你才是他最富謀略、最有為的兒子，而在相王的羽翼下，臨淄王可大展所長，逐漸建立起以往欠缺的聲譽，成為皇族裡特起的異軍，與河間王來個分庭抗禮。」

李隆基坦然道：「那我須有個軍職才行，否則任我如何努力，不外皇族裡的閒人。」

龍鷹拍額道：「我反沒想及此。對！幸而西京的政治，是酬庸的政治，你這般的為娘娘賣力，怎都該找得一官半職。」

李隆基道：「她會嗎？」

龍鷹道：「她會，又或不會，並非問題，最重要是不反對。這方面可與宇文朔和高力士商量，他們均為對皇上有影響力的人，你又為皇族，不提拔你，提拔誰？」道：「臨淄王在這裡坐一會兒，我要到外面和他們說幾句話，好能在事發時與我配合個天衣無縫。」

說畢，以「李隆基」的身份出門去了。

第十八章　放手而為

龍鷹返艙房睡覺，李隆基便到外面活動，吩咐侍臣、婢僕們留在艙房裡，以策安全。

忽然醒來，就在睜開眼睛前，半醒之間，魔覺延伸，生出感應。

此時李隆基回來。

龍鷹坐起來，移到床緣。

李隆基在他旁坐下，道：「太陽下山哩，離西京約小半個時辰水程。」

龍鷹道：「調校得很好。」

他指的是船速。

李隆基道：「水道平靜，舟來船往，我不時有個感覺，今趟我們或許是多慮了。」

龍鷹道：「我們進入了敵人的監視網。」

李隆基一震道：「刺激！」

龍鷹笑道：「我還以為只太少才會說這句話。」

李隆基自嘲道：「被流放最難捱的事，就是無所事事，很考心志，有時真悶得發慌，在西京，還可以花天酒地，在小城小鎮，提不起興趣，因感覺非常墮落。」

龍鷹順口問道：「臨淄王愛夜夜笙歌的生活嗎？」

李隆基道：「我自己也弄不清楚，青樓其中一個吸引力，是在你踏進青樓前，不曉得會遇上些甚麼。去多了，會從心底生出厭倦，認為在浪費光陰。」

又有感道：「我真的很佩服十八鐵衛，他們有鋼鐵般的意志，似從來不感單調和沉悶，天天精神抖擻的。」

龍鷹道：「他們有練功嗎？」

李隆基道：「早晚各一次，操練很認真，小豫也有份。過去一段日子，我加入操練，否則日子如何過？」

龍鷹問道：「小豫情況如何？」

李隆基道：「沒特別的事時，她將自己關起來練功，長達兩、三個時辰。像她年紀般的小姑娘，該是最愛鬧的時期，真不知她如何辦得到？」

龍鷹道：「進窺上乘境界者，沒有沉悶這回事，修煉的過程更精采紛呈，引人入勝，超乎日常的經驗。」

又道：「她能效力臨淄王，於她是個大福緣。令她得到精進勵行的機會，不敢有絲毫懈怠。」

李隆基歎道：「我最奮發的日子，是給軟禁在洛陽東宮的時候，王父、王兄、王弟們沉迷酒色時，我勤習武事，又愛讀書，現在確比不上那時。」

龍鷹訝道：「我還以為該是到幽州當總管的時候。」

李隆基道：「太忙哩！心裡被日常的工作和瑣事分神，閒下來總沒法提起精神練武。武事這東西很古怪，懶一天，便會懶第二天。」

龍鷹道：「練武乃逆水行舟，少點意志力也不成。天黑哩！」

李隆基問道：「事後的情況，如何處理？」

龍鷹道：「一字不提，當沒發生過任何事。若有人報上去，則來個輕描淡寫，視為小事。」

李隆基皺眉道：「這樣會否令宗楚客感到奇怪？」

龍鷹歎道：「避得一時，避不開一世。那就索性大大方方的來個與敵周旋。」

略一沉吟，道：「原本我也想過要瞞過對方，後來終於放棄，皆因九野望太強橫了，正面交鋒怕亦贏不過多少。至於拔沙缽雄，老宗點名找他來扮另一老妖，武技縱及不上九野望，也所差無幾，在這樣的情況下，還要留手，給他們打傷任何人實非我所願。既然如此，何不一起放手大幹一場，反殺他們一個措手不及。」

又道：「這是欲蓋彌彰的道理，我們是反其道而行，裝出早猜到有『兩大老妖』來犯的模樣，在準備十足下，憑戰略、陣法取勝。要懷疑儘管懷疑個夠，摸不到你的底子便成。」

李隆基道：「不失為沒辦法裡的可行之計，但此事不可向王父隱瞞。」

龍鷹道：「這個由你拿捏。至於十八鐵衛，可謊稱是在幽州時招攬回來的江湖高手，誰都不懷疑你有這個財力。」

李隆基莞爾道：「隆基豈非變成皇族裡繼楊清仁後另一高手，且深藏不露？」

龍鷹語重心長的道：「真的不用有太多疑慮，致令自己畏首畏尾的。想想吧！我能在這裡和臨淄王一起守候刺殺的來臨，箇中須多少因緣巧合，或陰差陽錯？觀乎此，便知我們『天網不漏』在起著何等作用。既然如此，愛幹甚麼幹甚麼，豁他奶奶的出去，其餘管他的娘。」

李隆基道：「鷹爺一向灑脫，教人豔羨。可是我總脫不掉皇族人的顧慮，怕牽連別人，很難像鷹爺般沒有顧忌。」

龍鷹道：「對政治，小弟當然遠及不上臨淄王的內行，卻清楚戰場上的金科玉律，就是『成者為王，敗者為寇』，雙方都是無所不用其極的謀奪最後的勝利。」稍頓，歎道：「我曾殺死沉睡的敵人，不如此，便達不到戰爭的目標。現時的西京，正是這麼樣的一個血腥戰場，動輒殺人。像今次老宗的人來殺你，是否誤殺無辜，壓根兒不在他們考慮之列。且生死有命，不是你說牽累便可牽累，最後仍看老天爺的意旨，非人力可左右。」

李隆基動容道：「說得好！」

龍鷹道：「發生情況時，商豫會入房來保護臨淄王。」

李隆基點頭表示明白。

龍鷹道：「返京後，宇文朔和高力士分別為臨淄王詳述西京現今宮內、宮外的情況，務令你老兄可迅速掌握，知所進退。」

又道：「至於上官婉兒，雖不清楚我們的事，卻清楚小弟和太少的真正身份，可視之為半個自己人。」

李隆基皺眉道：「可是……」

龍鷹截斷他，道：「我明白！在正直和支持唐室的大臣裡，向視上官婉兒與娘娘等蛇鼠一窩，而上官婉兒為武三思的女人，亦已為定見，非任何人可改變。不過！臨淄王須視她為我龍鷹不惜一切保護的人，而她肯為我們守著身份秘密的底線，是功不可沒。放心，屆時我會想出兩全其美之法，不讓臨淄王為難，亦可向天下交代。」

李隆基沉吟片刻，肯定的點頭，道：「一切依鷹爺提議。」

龍鷹加粗加濃了的眉毛向上揚起，語氣卻平靜無波，淡淡道：「點子來哩！」

距入西京的水閘口不到一里，右邊是靠貼岸濱排隊輪候檢查的船龍，空出來的水道不時有船從西京駛來，可見水道繁忙的情況，由於天已黑齊，入京的船多，離京的船少。

李隆基的座駕舟靠貼左岸行駛，視輪候的船龍如無物。皇族乃特權人物，不受一般城規約束。京兆府是否有上船檢查的權力，則須看有沒有李顯的諭令在後面撐腰。

此夜星月無光，寒風陣陣，吹得船上的幾盞風燈乍明乍滅，令化身為「李隆基」的龍鷹信心十足，即使老宗派來見過李隆基的人，亦肯定難辨真偽。

一艘小型快船從旁駛出，挨著李隆基的座駕舟行走，船上載著六、七個屬京城水師的兵員，帶頭的兵頭揚聲道：「奉皇上聖諭，凡入城船隻必須經過檢查，請報出名號、身份。」

因船上桅杆高處和船首、船尾均掛有皇室旗號，讓水師曉得船上載的人非同小可。

當然，落入龍鷹和李隆基耳內，曉得這幾個人屬宗楚客的人，協助行刺。

有過興慶宮的教訓，老宗一方不敢輕忽，怕李隆基的從人裡有能人在，若要從甲板殺入艙內四處找尋李隆基，一旦陷進苦戰，極可能功敗垂成。

由於離城不到半里，若惹得不知就裡的城衛趕來，「兩大老妖」也要落荒而逃。

故此敵人一番苦心，務要引李隆基到甲板去，驗明正身後，發暗號，著「兩大老妖」上船殺人。

衛抗的聲音在船首甲板傳來，應道：「此為臨淄王的專船，本人衛抗，乃臨淄王親隨之長，可保證船上一切正常，沒有檢查必要。」

此時商豫推門而入。

龍鷹拍拍李隆基肩頭，與商豫錯身而過，來到艙廊。

艙門在後方關上。

選此艙房作李隆基藏身處，背後有其考量。通常在艙房設置佈局上，均挑上層景觀最佳的房間為上房，如敵人不知就裡的闖入艙樓，肯定摸錯地方。

刺殺講謀略，反刺殺重佈局。

十八鐵衛全體進入蓄勢而動的戰略位置。

衛抗和兩個兄弟在船首，另三個兄弟守船尾，封死前後入艙之路。其他十二人全在艙內，手持強弩，視情況投進戰鬥去，隨機應變。

龍鷹一方最大的優勢，是曉得來的是「兩大老妖」，換句話說是兩個人，可於接戰開始，釐定針對性的策略。

十八鐵衛是武曌一手訓練出來，操練他們的是女帝本人，任九野望和拔沙缽雄兩人如何高明，怎都難和女帝相比。

何況為扮「兩大老妖」，九野望和拔沙缽雄無法用上拿手兵器，例如外號「槍王」的拔沙缽雄，便不能扛槍上陣，殺傷力多少打個折扣。

外面對答的聲音更清晰了，那兵頭擺出得聞臨淄王，肅然起敬的模樣，揚聲道：「可否請臨淄王出來說幾句話？沒問題，卑職立即護送臨淄王入城。」

龍鷹心中好笑，曉得假李隆基登場的時刻到了。

《天地明環》卷二十終

砥礪激盪——我與黃易的藝道交集

黃易和我是在香港中文大學藝術系的同學。他比我晚兩年進藝術系，當時叫黃祖強。七十年代的藝術系，每屆的人數都不太多，所以同班同學都很稔熟。不同屆別的話，各有其上課時間，認識自然較少。除非是寄宿，又或參與較多課外活動的。可惜黃易兩者皆非，所以自是說不上很熟絡了。

到大家都畢業之後，情況便很不一樣了。

那時候的藝術系，學生到了三四年級便會分組學習，我和黃易選的都是中國國畫組，接受同一批老師指導。其中我們最喜愛的，剛好都是丁衍庸、萬一鵬二師。畢業之後，同樣還繼續到二位老師家中接受指導。這樣一來，見面機會－例如老師家上課前後、同門聚會、展覽場合等，自然會越來越多，認識也日漸加深，已非在校時的限於點頭了。

我當時畫的畫，較喜用線，這裡面有丁師與元人的因素。黃易則較喜用點，總是大點小點落畫圖，我們都戲稱他為點彩派。這個點彩當然和歐洲十九世紀末興起的點彩派一點關係都沒有，只是戲稱。

他的點，都是中鋒下筆，讓水墨自然滲透，其實頗有渾厚氣象。後來與他討論下來，方知他的養份，實取自明清之際的四僧。他還找了許多四僧的作品出來，讓我看他們用點的高妙之處。再為了去看實際山川的點，他還特地帶我到大嶼山看山谷，領略萬點圍繞的感覺。如此不知不覺地，好像在我的畫作上，點的使用也多了起來。當時萬老師曾說，我的作品風格，越來越接近髡殘，可能便是這個原故。

另一交集是簫，當時我與他都隨黃檣老師習簫。有聚會時，多半各自攜簫，到哪裡便吹到哪裡，興致非常高。有一次約了萬老師在大嶼山夜話兼夜畫。萬老師好酒，黃易還特地預備了一大罈香雪海，以資談助。結果自然是逸興遄飛，醉談醉畫了大半晚。翌晨晏起，各人都說要攜簫遊山。遊經一寺廟時，見大門外有個大平台，面對山光雲影，群綠競繞，簫興大發，自然便吹奏起來。誰知此舉卻原來打擾了出家人的清修，竟引來尼師的責難，我們只好唯唯諾諾地退走。

其後大家的興趣都有了一些調整：我更多地靠近古琴，他更多地專注在寫作上，見面便沒有那麼多了，間有在其他場合碰面，也未必適宜談藝。

不過，對藝術的關注，總是繼續存在。

他一直念念不忘的，其一當然便是丁老師的藝術世界。

在香港藝術館工作時，他已經在聯絡系友，並紀錄各人手上丁老師作品的數量和內容等概況。離開藝術館後，我相信他所念念不忘的，其實一直都並沒有放下。

黃易在他的小說裡，描繪了許多俠士。這些俠士的性格和行為，總會有一些是他性格的發展。我還相信，這些俠士身上所顯現出來的性格，其實也會回過頭來影響他。

於是，在廿一世紀的第八年，正值丁老師辭世三十周年之際，黃易以大俠的氣概站出來，與許多系友一起促成了一個藝術界的盛事：香港藝術館與中大藝術系系友會聯合籌劃，在藝術館舉辦丁老師的大型作品展覽，並出版大型畫冊。

為了辦好這個展覽，黃易還在他收藏的丁老師作品裡，挑選了許多最優秀的，捐贈給藝術館以助展出。

他這樣做，與他個人的利益沒有一絲一毫的關係，純粹是因為他覺得，以丁老師作品的大師級水平，藝術館沒為他舉辦大型展覽，其實是香港人的羞恥。

他這個俠義之舉，使我非常感動。那時我在藝術系系友會作牛馬走，自然有要配合展覽的工作。我當時的態度是，只要是他要求的，例如寫前言、例如致辭等等，我都義不容辭，馬上答應。沒多久，我與他的關係又回到藝術上去：他要我替他寫書名。先是日月當空，隨後是龍戰在野、天地明環。

我近年其實多作草書，自然便準備以草書應之。惟是寫來寫去，都似乎和他的形象和他書中的古代世界拉不上關係，不得已，惟有求諸其他字體。結果頗有一段時間，我戒絕草書，埋頭在篆、隸、楷的世界中。這讓我發現，原來以前在藝術系，曾克耑老師要我們長期作一劃練習，其實非常有用。我很快便找回這幾種字體的感覺，以之作書名，實在比草書好。

我後來想，這是不是他以另一種方式，表達對我的書法的意見，希望我不要偏於一隅？很可惜，我想以後，收到類似這種對我的書法的意見，似乎不太有機會了。

不過我記得，多年前黃易便已告訴我，當時他練的氣功，已達可讓元神出竅，在屋頂看著自己身體的境界。那麼，多年後的今天，我相信他其實已經到達更高更高的境界。所以，說不定有一天，我正在展覽場地整理我的作品時，一少年徐徐而來，我回首一看，其神情竟然有似曾相識的感覺。

少年以洞察一切的清澈眼神，對我說……

蘇思棣
香港 德愔琴社 社長
二〇一七年丁酉 端陽

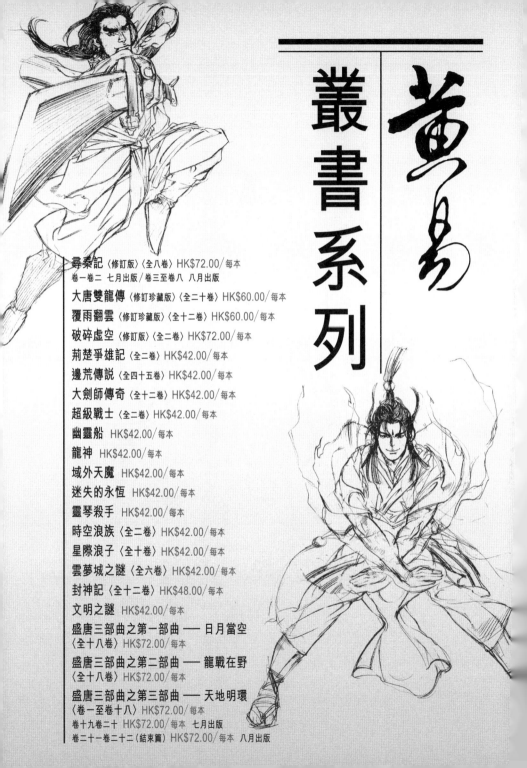

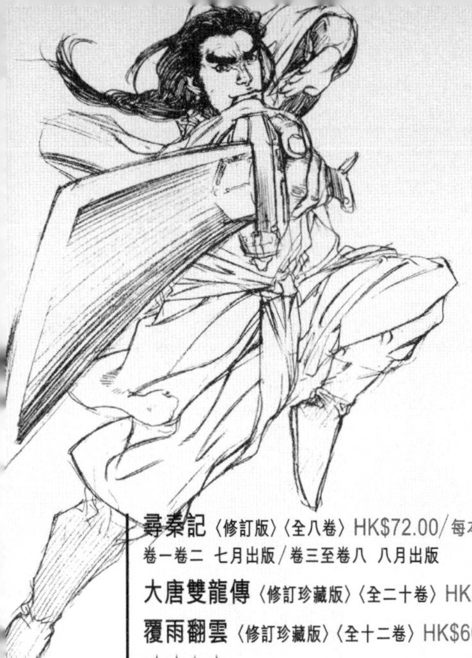

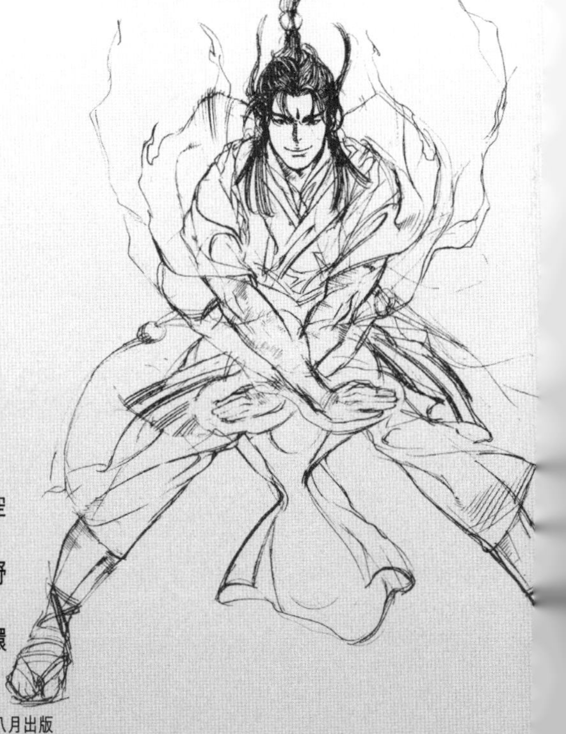

黃易

尋秦記

◆修訂版

二十一世紀中國特種部隊的精銳戰士項少龍，成了實驗的白老鼠，被送回公元前的戰國時代，可是時空機器發生了毀滅性的大爆炸，所有參與的科研人員均灰飛煙滅。

項少龍則流落到二千多年前中國最動盪和變化急劇的時代裏。於是尋找秦始皇便成為了他唯一的目標，只有成為當時尚落泊趙都邯鄲的嬴政的拍檔，才有機會成為當時代的強者。

其中過程，自是妙趣橫生，曲折離奇。

這是絕不能錯過天馬行空般的科幻創作。

黃易

日月當空

《盛唐三部曲》第一部——全十八卷

《大唐雙龍傳》卷終的小女孩明空，六十年後登臨大寶，以武周取代李唐成為中土女帝，掌握天下。武曌出自魔門，卻把魔門連根拔起，以完成將魔門兩派六道魔笈《天魔策》十卷重歸於一的夢想。此時《天魔策》十得其九，獨欠魔門秘不可測，從沒有人練成過的《道心種魔大法》，故事由此展開。

大法秘卷已毀，唯一深悉此書者被押返洛陽，造就了不情願的新一代邪帝龍鷹崛起武林，與女帝展開長達十多年波譎雲詭、恩怨難分、別開一面的鬥爭。

《日月當空》為黃易野心之作，誓要超越《大唐雙龍傳》，成為另一武俠經典，乃黃易蟄伏多年後，重出江湖的巔峰之作。

2 盛唐三部曲

黃易

龍戰在野

《盛唐三部曲》第二部——全十八卷

《龍戰在野》是《盛唐三部曲》的第二部曲，延續首部曲《日月當空》的故事情節。此時武曌的第三子李顯強勢回朝，登上太子之位，成為大周皇朝名正言順的繼承人，群臣依附，萬眾歸心，可是力圖顛覆大周朝由突厥汗王在背後支持的大江聯，亦成功滲透李顯集團。武曌雖仍大權在握，但因她無心政事，撥亂反正的重擔子落到龍鷹肩上。內則宮廷鬥爭愈演愈烈，奸人當道，外則突厥稱霸塞外的無敵狼軍鷹瞵狼視，龍鷹如何能挽狂瀾於既倒？其中過程路轉峰迴，處處精彩，不容錯過。

天地明環〈二十〉

盛唐三部曲之第三部曲

作　　者：黃易

編　　輯：陳元貞

特約編輯：周澄秋 (台灣)

發行出版：黃易出版社有限公司

通訊處 香港大嶼山

梅窩郵政信箱3號

電話 (852) 2984 2302

印　　刷：SYNERGY PRINTING LIMITED

出版日期：2017 年 7月 (初版)

定　　價：HK$72.00

ISBN 978-962-491-386-6